Cornelia Franz

Das Geheimnis des Roten Ritters

Ein Abenteuer aus dem Mittelalter

dtv junior Tigerauge

Schau mit dem Auge des Tigers!

Sei wachsam und mutig, denn auf Dich warten große Abenteuer. Tauch ein in die Welt der Ritter! Du bist dabei, wenn Mammuts gejagt werden! Du erlebst, wie ein Schatz aus der Tiefe des Meeres gehoben wird! Sei neugierig auf die Welt und entdecke ihre Geheimnisse in spannenden Geschichten. Willst Du noch mehr erfahren? Dann schau genau hin: In den vielen Bildern steckt eine Menge Wissen zu Deinen Lieblingsthemen. dtv junior Tigerauge – das sind Bücher für Kinder mit Durchblick.

Cornelia Franz, geboren 1956 in Hamburg, studierte Germanistik und Amerikanistik, machte eine Ausbildung als Verlagsbuchhändlerin und arbeitete als Lektorin. Heute schreibt sie Kinder- und Jugendbücher sowie Reiseführer. Cornelia Franz lebt mit ihrer Familie in Hamburg.
Weitere Bücher von Cornelia Franz bei dtv junior: siehe S. 4

Peter Knorr wurde 1956 in München geboren und lebt heute als freischaffender Illustrator mit seiner Familie in Nierstein am Rhein. Er hat viele Bilderbücher gezeichnet, noch mehr Bücher ausgestattet und zusammen mit seiner Frau für dtv junior auch eigene Buchprojekte verwirklicht, darunter ›Was suchen die Maiers am Himalaya?‹ (dtv junior 70995)

Cornelia Franz

Das Geheimnis des Roten Ritters

Ein Abenteuer aus dem Mittelalter

Mit Illustrationen
von Peter Knorr

Deutscher Taschenbuch Verlag

Bei dtv junior sind von Cornelia Franz
außerdem lieferbar:
Die Kinder vom Drachental, dtv junior 70976
Geheimnisse, dtv junior 71209
Piraten im Klassenzimmer!, dtv junior 71229
Verrat, dtv pocket 78153

Originalausgabe
In neuer Rechtschreibung
Juni 2008

www.dtv-tigerauge.de
Umschlagkonzept: Ralph Bittner
Umschlagbild: Peter Knorr
Lektorat: Maria Rutenfranz
Herstellung: Stephanie Lütje
Gesetzt aus der Caslon 12,5/16'
Satz: Greiner & Reichel, Köln
Druck und Bindung: Druckerei C. H. Beck, Nördlingen
Gedruckt auf säurefreiem, chlorfrei gebleichtem Papier
Printed in Germany · ISBN 978-3-423-07711-8

Inhalt

Im Morgengrauen

Hagen wurde vom leisen Wiehern der Pferde wach. Er schaute durch die Ritzen des hölzernen Stalles ins Freie. Die Sonne hatte noch längst nicht die Burgmauer erreicht. Die Nacht war gerade erst dem Tag gewichen. Wieder schnaubten und stampften die Pferde neben ihm. Noch etwas steif von der Kälte stand er auf und streckte sich. Er klopfte sich das Stroh aus den halblangen braunen Haaren. Was war los? Warum waren die Pferde so unruhig?

Im selben Moment fiel es ihm ein. Heute brachen die Männer auf! Gleich nach Sonnenaufgang wollten sie los, der Burgherr von Felsenstein und seine Leute. Es schien, als spürten die Pferde, dass sie heute eher als sonst gefüttert und gestriegelt werden sollten. Na klar, die Pferde waren aufgeregt wegen der langen Reise! Hagen klopfte dem Aschgrauen, der das Lieblingspferd seines Vaters war, die Flanke.

»Du hast es gut«, murmelte er. »Du darfst zum großen Hoffest nach Mainz. Alle dürfen mit. Nur ich nicht. Das ist so gemein!«

Der Aschgraue rieb seine Schnauze an Hagens Schulter, als wollte er ihn trösten.

»Mach's gut, mein Alter.« Hagen seufzte. Er würde den Grauen vermissen.

Seit Hagen sieben Jahre alt war und nicht mehr unter der Obhut der Mutter stand, sollte er eigentlich bei seinem Vater übernachten. Doch er schlief selten im Schlafgemach der Männer. Er war schwer krank gewesen damals; einen schlimmen Husten hatte er gehabt. Die Männer hatten ihn beschimpft, weil sie wegen seines Bellens und Keuchens nachts nicht schlafen konnten. Und sein älterer Bruder Ludwig hatte sich geweigert, mit ihm das Bett zu teilen.

Und so war Hagen, als das hohe Fieber abgeklungen war, abends heimlich in den Pferdestall geschlichen. Die Tiere störten sich nicht an seinem Husten. Der Aschgraue hatte sich sogar geduldig neben ihn gelegt.

In der Wärme des Stalls war es viel leichter gewesen, die eklige Lungenkrankheit loszuwerden, als in dem zugigen Burgzimmer. Durch das Ölpapier in den Fensteröffnungen pfiff der Wind und die Mauern waren kalt. Nur im Saal, wo fast immer ein Feuer brannte und wo es Teppiche auf dem Boden und an den Wänden gab, war es ein wenig wohnlicher.

Als Hagen über den Hof zum Bergfried, dem Wohnturm, hinüberlief, kamen ihm schon Ritter Karl und die Knechte entgegen. Und allen voran natürlich Waldemar!

Hagen biss sich auf die Lippe. Wenn er diesen Kerl nur sah, grummelte es ihm schon vor Zorn im Bauch. Oder vor Neid.

»Guten Morgen, Vater«, rief Hagen Ritter Karl zu. An Waldemar, dem Knappen seines Vaters, sah er vorbei.

Karl legte Hagen die Hand auf die Schulter. »Hast du wieder im Stall geschlafen wie ein Bauer?«, brummte er. Aber er erwartete keine Antwort. Es war ihm egal, wo dieser Junge die Nacht verbrachte. Dieser blasse, schmale Junge … der einzige seiner Söhne, der immer noch auf der Burg des Vaters herumlungerte, als wäre er ein Mädchen.

»Vater, sag, darf ich nicht doch mit?« Hagen sah Ritter Karl bittend an, doch der zog nur die Augenbrauen hoch.

Da drehte sich Waldemar um.

»Hagilein«, stichelte er aus einiger Entfernung. »Sollen wir deine Amme auch mitnehmen? Damit sie dich in den Schlaf wiegt, wenn du Heimweh kriegst?«

Eine Burg wird gebaut

Der Standort einer Burg muss gut gewählt werden: Ein Berg bietet guten Überblick und ist nicht so leicht zu erobern. Außerdem braucht eine Burg eine Quelle, damit die Bewohner auch bei einer Belagerung immer Wasser zur Verfügung haben.

Die wichtigsten Handelsstraßen sollten nicht allzu weit entfernt sein. Beim Bau einer Burg müssen alle Bauern, die dem Burgherrn unterstehen, mithelfen. Dafür dürfen sie im Falle eines Krieges in der Burg Schutz suchen. Die Burgen dienen jedoch nicht nur dazu, Feinde abzuwehren. Der Burgherr will durch einen mächtigen Bau auch seine eigene Macht zur Schau stellen.

Hagen bückte sich blitzschnell nach einem Stein und warf ihn in Waldemars Richtung. Doch der hob gerade noch rechtzeitig den Schild, den er für Ritter Karl trug. Der Stein schepperte gegen das mit Leder bezogene Holz.

Hagens Gesicht war rot geworden. Oh, wie er diesen Waldemar hasste! Und zwar nicht nur, weil Ritter Karls Knappe alles das durfte, was ihm selbst verboten war. Nein, dieser grässliche Kerl war einfach ein hinterhältiger, aufgeblasener Hanswurst. Und sonst nichts. Ritter Karl hatte ihn vor sieben Jahren als Pagen bei sich aufgenommen. Seitdem hatte er gelernt, seinen Herrn bei Tisch zu bedienen, sich anständig zu benehmen, aber auch Singen, Schwimmen, Reiten und sogar schon ein wenig den Umgang mit Schild, Schwert und Lanze.

Inzwischen war Waldemar vierzehn, also noch längst kein Ritter. Erst vor einem Vierteljahr war er vom Pagen zum Knappen aufgestiegen. Seitdem übte er fast täglich den Kampf mit Lanze, Schwert und Dolch, dazu noch das Jagen mit dem Falken und feineres höfisches Benehmen.

Hagen lachte grimmig. Höfisches Benehmen! Sobald Ritter Karl ihn nicht sah, führte Waldemar sich auf, als wäre er der Kaiser persönlich. Er stolzierte herum und behandelte Hagen, der nur zwei Jahre jünger war, wie einen Säugling.

Oder noch schlimmer: wie einen Feigling. Als wäre er, Hagen, nicht auch liebend gern auf eine andere Burg als Page gezogen! Nur wegen seiner elenden Krankheit war er auf Felsenstein geblieben. Ritter Gottfried, der Lehnsherr seines Vaters, hatte ihn nicht mehr als Pagen gewollt. Das wusste jeder auf der Burg!

Wie gerne wäre er damals ins Kloster Hartenau gegangen. Dann hätte er wenigstens das Lesen und Schreiben und die lateinische Sprache gelernt. Aber die Mutter hatte ihn leider nicht weggehen lassen – und so war er nun zu nichts nutze.

»Du musst mit dem ganzen Arm werfen, Hagen. Nicht nur mit dem Handgelenk.« Das war Ritter Karls Antwort auf die Bitte seines Sohnes. Dann gingen die Männer weiter und beachteten ihn nicht mehr. Nur Waldemar streckte Hagen kurz die Zunge heraus. Wie ein Hanswurst eben. Und so einer durfte mit nach Mainz! Ach, das Leben war so ungerecht!

Johannas Plan

»Psst … Hagen!« Eine leise, aber energische Stimme riss Hagen aus seiner Grübelei.

Er schaute in Richtung des Ziehbrunnens. Hinter dem großen Holzzuber, den eine der Mägde dort abgestellt haben musste, konnte er die braunen Locken seiner Schwester Johanna entdecken. Hagen lief zu ihr hinüber.

»Was machst du hier?«, fragte er. Normalerweise schliefen die Mädchen um diese Zeit noch im Frauenzimmer. Und Johanna sah auch wirklich so aus, als könnte sie gut noch ein paar Stunden Schlaf gebrauchen.

»Dasselbe wie du«, antwortete Johanna. »Ich will sehen, wie sie losziehen. Vater hat seine edelste Rüstung polieren lassen und ich hab ihm gestern Abend noch den neuen Waffenrock glatt gebürstet. Auf Waldemars Festgewand bin ich auch gespannt.«

Hagens Miene verdüsterte sich. »*Ich* will das nicht sehen!«, raunzte er Johanna an. »Lass mich in Ruhe mit dem Mist.«

Johanna nahm Hagen seine Grobheit nicht übel. Sie verstand ihn ja so gut. Auch sie wäre für ihr Leben gern bei dem großen Fest des Kaisers in Mainz dabei gewesen. Die Schwertleite der Kaisersöhne Heinrich und Friedrich! Beim großen Hoftag an Pfingsten sollten die beiden jungen Männer feierlich zu Rittern geschlagen werden. Auf die Bibel würden sie schwören, die Kirche zu schützen, die Schwachen zu verteidigen, gegen alles Böse zu kämpfen und ihrem Lehnsherrn treu zu sein. Drei Tage sollte das Fest dauern und es würde die prächtigsten Zweikämpfe und Buhurte geben, die man sich nur vorstellen konnte.

Johanna hätte schrecklich gerne einmal so einen Buhurt gesehen, bei denen zwei Gruppen von Rittern gegeneinander kämpften und ihre Geschicklichkeit mit den Pferden zeigten. Es ging dabei nicht blutig zu, weil die Männer nur mit Holzschwertern kämpften.

Auf Burg Felsenstein sprach man seit Wochen von dem Fest, das mit allem Glanz am Ufer des Rheins gefeiert werden sollte. Es hieß, dass Tausende und Abertausende von Rittern aus dem ganzen Reich erwartet wurden! Dazu alle wichtigen Leute des Reichs: Bischöfe, Äbte, Könige und Edelmänner. Allein der Abt von Fulda sollte mit fünfhundert Leuten angereist sein! Ach, all die feinen Edeldamen … was musste das für ein Schauspiel sein.

Johanna schluckte. Wenn ihre Mutter noch leben würde! Die wäre natürlich mit nach Mainz gefahren. Und dann hätten sie hier, auf Felsenstein, jedenfalls ein bisschen von der Festlichkeit mitbekommen. Denn ihre Mutter hatte es geliebt, die schönen Stoffe vor Johanna auszubreiten, aus denen sie ihre Kleider selbst schneiderte. Doch das war vorbei. Die Herrin von Felsenstein war an dem glei-

Wer kleidet sich wie?

Die Kleidung wird im Mittelalter meist aus Schafswolle hergestellt; die Unterbekleidung oft auch aus Hanf, Nessel und Leinen. Die Bauern, Mägde und Knechte tragen diese Stoffe meist ungefärbt, weil das billiger ist. Will man die Stoffe einfärben, muss man die Farbstoffe aus Pflanzen gewinnen.

Nur die höheren Herrschaften können sich Kleider aus Seide leisten, die aus dem Orient importiert wird. Für die Gewänder von Königen und Kaiser wird zum Färben der Stoffe kostbarer Purpur-Farbstoff genommen, der aus der Purpurschnecke gewonnen wird.

Sowohl Frauen als auch Männer tragen die Tunika, eine Art Hemd, das bei den Frauen bis zu den Knöcheln geht und bei den Männern je nach Mode auch deutlich kürzer sein kann.

chen schrecklichen Lungenfieber gestorben, das Hagen ein paar Jahre zuvor nur knapp überlebt hatte.

»Waldemar sieht doch eh aus wie ein Narr, egal was er anhat«, meinte Johanna und stupste Hagen mit dem Ellenbogen an. Sie sah den mageren Waldemar vor sich und seufzte. Dieser Kerl, der sich offenbar für unwiderstehlich hielt, hatte ein Auge auf sie geworfen. Und für Ritter Karl stand ihre Verlobung mit seinem Knappen eh schon fest. Schließlich war Waldemar von Waldenburg der Sohn eines reichen Edelmanns und eine gute Partie. Aber auch wenn sie mit zwölf Jahren inzwischen heiratsfähig war, dachte sie gar nicht daran, sich dem Willen des Vaters zu beugen.

»Vaters Knappe ist leider ein Dummkopf«, sagte sie. Und es klang so, als wäre das eine Tatsache, an der es nichts zu rütteln gab.

Hagen grinste schwach. Johanna war auf seiner Seite. Das war immerhin ein Trost. Ach, wenn er Johanna nicht hätte, dann wäre es noch viel trübsinniger auf Felsenstein. Auch wenn sie ein Mädchen war …

»Hör mal«, flüsterte Johanna, obwohl sie hier am Brunnen von niemandem gehört werden konnten. »Ich habe eine Idee.«

Hagens Gesicht hellte sich auf. Wenn Johanna eine Idee hatte, kam meist etwas Spannendes dabei heraus. Er blinzelte in die ersten Strahlen der aufgehenden Sonne, die hinter Johannas Lockenkopf hervorbrachen. Wie so oft trug sie keine Haube und ihr ungefärbtes Leinenkleid, die Tunika, war fleckig. Johanna schaffte es meistens, dem Burgfräulein, das sich um ihre Kleidung und Erziehung kümmern sollte, zu entwischen. Ihre Mutter hätte sie nie im Gewand eines Bauernmädels herumlaufen lassen. Sie hatte stets darauf geachtet, ihren adligen Stand durch besonders weite, bunte Gewänder deutlich zu machen. Denn nur wer Geld hatte, konnte sich den vielen Stoff für weit schwingende Kleider leisten.

Johanna grinste und warf einen schnellen Blick Richtung Burgtor.

Im selben Moment wusste Hagen auch schon ihren Plan. Merkwürdig. Er hatte oft das Gefühl, Johannas Gedanken lesen zu können. Ob das daran lag, dass sie Zwillinge waren?

»Du willst zur Hochstraße hinauf, stimmt's?« Hagen machte große Augen. »Deshalb bist du so früh aufgestanden. Meinst du wirklich, dass der Kaiser da vorbeikommt?«

Johanna zuckte die Schultern. »Er soll schon öfters

die Hochstraße genommen haben. Und wenn wir ihn nicht sehen, dann jede Menge andere edle Herren und Damen. Es muss großartig sein, was da jetzt auf der Straße los ist.«

»Aber Vater hat gesagt, dass sich dort auch jede Menge Gesindel herumtreibt. Gerade jetzt in diesen Tagen. Er wird sicher wütend, wenn er uns da sieht.«

»Wird er doch nie im Leben. Wir werden ihm ja nicht gerade zuwinken, falls er vorbeireitet.«

»Lust hätte ich schon … Mensch, einmal den Kaiser Barbarossa sehen … Ob ihm sein Bart wirklich bis zu den Lenden reicht? Rot wie Feuer soll er sein.«

»Nun komm schon.« Johanna zupfte Hagen am Zipfel seiner Kapuzenmütze, der Gugel, die fast alle Männer auf der Burg trugen. »Wenn wir nicht in der Mittagshitze den Gründelberg hinaufkraxeln wollen, müssen wir uns beeilen.«

»Warte.« Hagen zog den Eimer aus dem Brunnen und trank einen großen Schluck von dem kühlen Wasser. Der Weg würde anstrengend werden. Da wollte er seinen Durst schon mal im Voraus stillen.

»Also los!« Entschlossen warf er den Eimer zu Boden und griff nach Johannas Hand. Und dann liefen sie zum Burgtor hinüber.

Der Schatz des roten Reiters

Der Weg zur Hochstraße hinauf war wirklich mühselig. Zunächst führte sie ihr Weg zwar bergab. Aber auf der anderen Seite des Tals, über dem die Burg Felsenstein thronte, ging es mehrere Meilen stetig bergauf. Oft war der Pfad durch den dichten Urwald kaum zu erkennen. An manchen Stellen mussten sie gar über Felsen klettern, um weiterzukommen. Aber egal, schneller als Ritter Karl und sein Tross waren sie allemal. Die hatten mehrere Diener und Knechte und sogar Onno, den alten Koch, mit dabei. Außerdem nahmen sie die lange, gewundene Straße über die Hasenkuppe. Sie würden sicher erst am Nachmittag auf der Hochstraße nach Mainz ankommen.

Verschwitzt und hungrig erreichten Hagen und Johanna endlich das Gestrüpp, das die Hochstraße säumte. Erst jetzt holte Johanna das Brot heraus, das sie in der Tasche ihrer Tunika versteckt hatte. Im Schatten eines Holunderstrauches setzten sie sich hin und aßen.

Hagen zog sich die Gugel vom Kopf und streckte die Beine aus.

»Bist du sicher, dass das die richtige Straße ist?«, fragte er. Er machte ein enttäuschtes Gesicht. Kein Mensch war auf dem staubigen Weg zu erkennen. Kein Ritter, keine edle Dame und schon gar kein Kaiser Rotbart mit Gefolge. Nicht einmal ein Mönch oder ein Bettler war unterwegs. Außer einer Krähe, die spottend in einem Baum über ihren Köpfen krähte, schien überhaupt kein Lebewesen hier oben zu scin.

Johanna verzog den Mund. »Was soll es denn sonst sein?«, meinte sie zögernd. »Eine Straße ist es auf jeden Fall. Und so viele gibt es ja nicht in dieser Gegend.«

Hagen nahm einen Stein und wollte ihn nach der Krähe werfen. Mit dem ganzen Arm, nicht nur aus dem Handgelenk, dachte er.

Doch da griff Johanna nach dem Ärmel seiner Tunika. »Still«, flüsterte sie. »Da kommt jemand.«

Jetzt hörte auch Hagen das Getrappel. Zuerst noch leise, dann wurde es lauter und lauter. Da musste jemand in vollem Galopp unterwegs sein. Ein Wagnis auf der von Geröll übersäten Landstraße!

Hinter den niedrig hängenden Zweigen des

Holunders verborgen sahen die beiden einen Reiter heranpreschen. Ein Edelmann auf einem Rappen, sein dunkelroter Umhang wehte ihm von den Schultern.

»Gütiger Gott!« Johanna wollte auf die Füße springen.

Der Rappe war mit den Vorderhufen gegen einen großen Stein geschlagen und gestrauchelt. Der Reiter riss am Zaumzeug und im selben Moment hatte das Pferd sich wieder gefangen. Aber es bockte und tänzelte. Erst als sie an dem Holunderbusch vorbei waren, hatte der Edelmann den Schwarzen im Griff. Schnell nahmen sie Tempo auf und verschwanden in einer Staubwolke, die die von Pappeln gesäumte Straße verhüllte.

»Das war knapp«, meinte Johanna.

Hagen antwortete nicht. Er hustete und hustete; der Staub quälte seine empfindliche Lunge.

»Ich brauche Wasser«, keuchte er. »Vielleicht ist hier ja irgendwo ein Bach.«

»Bestimmt«, versuchte Johanna ihn zu trösten. Sie hatte ein schlechtes Gewissen, dass sie Hagen zu der anstrengenden Wanderung verleitet hatte.

Doch plötzlich richtete sich ihr Bruder auf. Mit drei, vier schnellen Schritten war er auf der Straße.

»Sieh nur!«, rief er. »Sieh, was ich gefunden habe!«

Er hob einen ledernen Beutel in die Luft, groß wie ein Kinderkopf.

Schon stand Johanna neben ihm und hielt ihre Hände auf.

Hagen legte den Beutel hinein.

»Der ist schwer.« Johannas Stimme verriet Neugier. »Ob der Reiter ihn verloren hat?«

»Ich glaub schon«, meinte Hagen. »Vorher hat hier doch nichts anderes gelegen als diese elenden Steine.« Er klopfte den Staub von dem Säckchen. »Schau. Das Wappenzeichen.« Fast ehrfürchtig fuhr er mit den Fingerspitzen das eingegerbte Zeichen entlang, das das rissige Leder zierte. Der Beutel war alt und abgegriffen und das Wappen nur schwer zu erkennen.

»Es sind zwei gekreuzte Schwerter«, sagte er. »Der Reiter hatte sie auch auf seinem Umhang.«

Johanna schaute ihn zweifelnd an. »Meinst du?«

Hagen nickte. »Als das Pferd strauchelte, habe ich seinen Umhang genau gesehen. Zwei gekreuzte Schwerter, da bin ich mir sicher.« Er nahm Johanna das Säckchen wieder aus den Händen und trug es zum Holunderbusch.

»Was hast du vor?«, fragte Johanna.

Hagen lächelte. Johanna wusste genau, was er vorhatte. Er wollte nachschauen, was in dem Beutel war, den der Rote Ritter verloren hatte. Behutsam legte er das Ledersäckchen ins Gras und öffnete das verknotete Band.

Und dann rissen Hagen und Johanna die Augen auf: Goldstücke kullerten ins Gras, dick und schwer, allerdings ganz ohne Prägung. Es war mehr Gold, als sie beide in ihrem Leben gesehen hatten. Der rote Reiter hatte einen wahren Schatz verloren.

»Gütiger Gott«, entfuhr es Johanna zum zweiten Mal an diesem Tag. Sie ließ die Goldstücke durch ihre Finger gleiten. Dann fischte sie ein paar der leichten Münzen heraus, die sich auch in dem Säckchen befanden.

»Das hier sind nur Brakteaten. Dünnes Silberblech, längst nicht so viel wert wie das Gold, obwohl sie der Kaiser kunstvoll prägen lässt«, stellte sie fest.

Hagen stieß sie an. »Gib nicht so an«, lästerte er. »Als hättest du Ahnung von so etwas. Du kannst doch froh sein, wenn du mal einen Viertelpfennig kriegst, wenn Markttag ist.« Er nahm ebenfalls eine Münze in die Hand und ließ die Sonne darin aufblitzen. »Auf jeden Fall müssen wir dem Herrn das Geld zurückgeben.«

Von Gold und Viertelpfennigen

Im frühen Mittelalter ist es üblich, Waren miteinander zu tauschen, anstatt dafür zu bezahlen; das nennt man Tauschhandel. Doch zur Zeit Barbarossas wird allgemein mit Münzen, die der Kaiser oder die Könige prägen lassen, bezahlt.

Mit einem Stempel werden Inschriften oder auch ein Bild des Herrschers in das Metall gedrückt. Man verwendet Edelmetalle wie Gold, Silber und Kupfer. Je kostbarer und schwerer das Metall der Münze ist, umso mehr wert ist sie.

Der berühmte Kaiser Karl der Große legte um das Jahr 800 fest, dass aus einem Pfund Silber 240 Pfennige (auch Denar genannt) geprägt werden sollen. Viele Jahrhunderte lang war der Pfennig in Europa das wichtigste Zahlungsmittel. Für einen Pfennig kann man recht viel kaufen. Deshalb wurden Pfennigmünzen auch zerteilt, um kleinere Werte zu erhalten.

»Du willst ihm das Geld zurückgeben? Der ist doch mittlerweile etliche Meilen weiter. Wie sollen wir den denn finden?« Johannas Augen wanderten sehnsüchtig über die goldenen Taler. Was man damit alles Schönes kaufen könnte … Ach, am allerliebsten hätte sie ein Pferd und eine Ritterrüstung … und heiraten bräuchte sie vielleicht auch nicht, wenn ihr so ein Schatz gehören würde … Aber leider, leider gehörte er ja dem fremden Reiter …

»Das weiß ich auch nicht«, unterbrach Hagen ihre Träumereien. »Oder meinst du, wir sollten hier warten, bis er zurückkommt?« Er schüttelte den Kopf. „Nein, wer weiß, wann er den Verlust bemerkt. Bis dahin bin ich verdurstet und verhungert. Hier können wir nicht bleiben.« Er schaute sich um. »Es gibt hier auch Bären …«

Johanna seufzte und stand auf. »Wir gehen ins nächste Dorf. Bis Oberau kann es nicht weit sein. Vielleicht ist er dort in einer der Schenken abgestiegen. Oder aber es kann uns jemand sagen, wer der Herr ist.«

Hagen schnürte den Beutel wieder zusammen. »Und wenn nicht?«

Statt einer Antwort hob Johanna nur die Schultern.

In der Dorfschenke

Das Dorf Oberau lag an der ersten Weggabelung der Hochstraße Richtung Süden. Es war ein unbedeutender Flecken, der nur aus niedrigen Lehmhäusern, einem Kirchlein aus Feldsteinen und einem ungepflasterten Marktplatz bestand.

Aber es hatte sich mit grünen Zweigen und Fahnen herausgeputzt und in den von Schweinekot verdreckten Gassen wimmelte es dieser Tage nur so von Menschen. Seit Wochen zogen hier die Besucher des großen Festes durch, um auch ja rechtzeitig am Pfingstsonntag in Mainz zu sein.

Und natürlich versuchten ihnen die Bauern und Handwerker zu verkaufen, was es nur zu verkaufen gab. Wein und Bier, halb vertrocknete Äpfel und Nüsse von der Ernte des letzten Jahres, Ziegenmilch, selbst gemachten Käse, Eier, tote und lebende Hühner, Gänse, Hasen und Fasane, allerlei Heilkräuter und duftende Essenzen, Gürtel und Schuhe, Hauben, Tücher, Messer und Schmuck.

Hagen und Johanna hatten am Brunnen ihren

Durst gestillt. Nun schauten sie sehnsüchtig zu, wie auf dem Marktplatz eine Ziege über dem Feuer geröstet wurde.

Dazu schmerzten Johanna die Arme. Sie hielt den Lederbeutel in den Falten ihres grauen Gewandes verborgen und von Minute zu Minute wurde er schwerer.

»Johanna«, flüsterte Hagen. »Lass uns in die Schenke gehen und Suppe und Brot bestellen. Wenn wir eine einzige der Münzen ausgeben, so wird es noch kein richtiger Diebstahl sein.«

Johanna nickte. Wie sollten sie den Besitzer des Geldes finden, wenn sie vorher vor Hunger tot umfielen?

»Und ein Bier werden wir uns wohl auch gönnen dürfen«, antwortete sie und stieß mutig die Holztür auf. Dabei klopfte ihr das Herz bis zum Hals. Zum ersten Mal betraten sie allein ein Wirtshaus.

In der düsteren Schenke schob der Wirt ihnen das Essen hin, ohne groß Fragen zu stellen. In diesen Tagen war so viel Volk unterwegs, da kümmerte es ihn nicht, zwei Kinder allein in der Gaststube zu sehen.

»Verzeihung, bitte ...« Hagen bemühte sich, den Wirt, der es eilig hatte, aufzuhalten. »Kennt Ihr einen edlen Herren im roten Umhang?«, fragte er.

Was gibt es auf dem Markt?

Auf dem Markt bieten die Bauern und Handwerker ihre Waren an: Obst, Gemüse, Vieh, Lederwaren, Tischlerarbeiten und vieles mehr. Doch weit gereiste Händler bringen auch Dinge aus fremden Ländern in die Stadt. Sie waren oft viele Wochen unterwegs – auf Straßen, die man heute gerade mal als Feldweg bezeichnen würde. Aus dem Orient kommen Teppiche und Gewürze wie Nelken und Zimt oder auch Pfeffer. Der ist so wertvoll, dass er auch als Zahlungsmittel dient. Aus Afrika werden Baumwolle und Farbstoffe importiert, aus Asien kostbare Seide und Parfüm, aus dem Norden Felle und gesalzener Fisch. Sogar Sklaven werden auf den großen Märkten verkauft. Die Händler sind angesehene Leute, die oft unter dem Schutz der Herrscher stehen, denn sie bringen nicht nur heiß begehrte Waren, sondern auch allerhand Neuigkeiten mit. Um einen Markt abhalten zu dürfen, müssen die Orte das Marktrecht besitzen. Es wird ihnen vom Kaiser oder König verliehen.

»Er reitet einen Rappen und sein Wappen sind zwei gekreuzte Schwerter.«

Der Wirt warf Hagen einen schnellen Blick zu. »Warum willst du das wissen, Bürschchen?«, fragte er zurück.

»Ich will ihm ...« Hagen zuckte zusammen. Johanna hatte ihn unter dem Tisch gegen das Schienbein getreten. »Ich will ihn fragen, ob er für uns ein Päckchen nach Mainz mitnehmen kann«, beendete er seinen Satz geistesgegenwärtig. »Er ist doch unterwegs nach Mainz, oder?«

Jetzt musterte der Wirt Hagen und Johanna mit sichtlichem Misstrauen. »Kann schon sein«, murmelte er. »Woher kommt ihr zwei eigentlich?«

»Von der Hasenkuppe«, antwortete Johanna.

Der Wirt hob die Augenbrauen. »Von der Hasenkuppe? Über die Hochstraße? Da habt ihr aber Glück gehabt, dass ihr da noch durchgekommen seid.«

Die Kinder sahen ihn fragend an.

»Der Weg ist durch einen gewaltigen Steinschlag versperrt«, fuhr der Wirt fort. »Da kommt zurzeit keine Maus durch. Gleich brechen ein paar Männer auf, um die Straße frei zu räumen.«

»Danke für Eure Auskunft, Herr Wirt«, sagte Hagen höflich und beugte sich über seine Rübensuppe.

Als der Wirt gegangen war, flüsterte er seiner Schwester zu: »Deshalb war auf der Straße niemand unterwegs. Der rote Reiter wird gerade noch vor dem Steinschlag vorbeigekommen sein.«

Johanna grinste. »Vater ist bestimmt nicht mehr durchgekommen. Jetzt haben wir einen wirklichen Vorsprung vor ihm und Waldemar.«

Hagen wischte die Holzschüssel mit einem Rest Brot aus. »Was meinst du mit Vorsprung?«, fragte er.

Johanna klopfte sich auf den Bauch und rülpste zufrieden. Mit warmem Essen im Magen sah die Welt doch gleich freundlicher aus. »Na, was wohl?«, gab sie zurück. »Wir gehen nach Mainz! Wir müssen doch den Edelmann finden. Da bleibt uns doch gar nichts anderes übrig, oder nicht? Und wenn wir dann zufällig eines der großen Turniere sehen sollten …«

Hagen runzelte die Stirn. »Aber es ist sicher noch einen Tagesritt bis nach Mainz. Zu Fuß sind wir eine Ewigkeit unterwegs. Der rote Reiter ist dann vielleicht schon längst weg und das Fest …«

»Wir werden nicht zu Fuß gehen«, unterbrach Johanna ihn. Sie senkte die Stimme, was in dem Lärm der vollen Schenke nicht nötig war. »Wir nehmen noch ein paar Münzen und kaufen uns Pferde«, flüsterte sie. »Der rote Reiter wird uns sogar dankbar sein. Wie sollen wir ihn denn sonst einholen?«

Hagen legte den Kopf schief und sah Johanna wortlos an. Himmel, was würde Ritter Karl sagen, wenn er von ihrem Abenteuer erfuhr?! Womöglich würde er sie eine Nacht lang im Burgverlies einsperren, weil sie ohne Erlaubnis weggelaufen waren … Aber vielleicht wäre er ja auch stolz auf seinen mutigen und tatkräftigen Sohn?

Für einen Moment zögerte Hagen, doch dann nickte er. Mit Pferden und einem Sack voll Gold nach Mainz! Er spürte ein Ziehen im Magen. Doch jetzt war es kein Hunger mehr. Es war die Vorahnung, dass sie immer tiefer und tiefer in eine ganz unglaubliche Sache verstrickt wurden.

Auf nach Mainz!

»Ich hätte nie gedacht, dass das so einfach geht«, sagte Hagen, als sie tatsächlich auf zwei ordentlichen Pferden das Dorf verließen. »Das war ja ein Kinderspiel.«

»Klar, weil heute unser Glückstag ist!« Johanna jubelte. Ihr Plan hatte wirklich geklappt! Und zwar problemloser, als sie erwartet hatten.

Der Pferdehändler im Dorf hatte ihnen bereitwillig die Tiere verkauft, ohne nach der Herkunft der Goldstücke zu fragen. Durch die Sperrung der Hochstraße waren ihm an diesem Tag die Reisenden ausgeblieben. Und da er sich eigentlich ein gutes Geschäft ausgerechnet hatte, weil sich auf dem holperigen Weg immer mal ein Pferd das Bein brach, freute er sich über jeden Kunden. Auch wenn es zwei Kinder waren.

Hagen hielt sich wacker auf dem schaukelnden Pferderücken. Obwohl er nicht so viel Übung wie ein Knappe hatte, ritt er gerne, weil er Pferde nun einmal liebte.

Johanna hingegen war das Reiten nicht gewohnt. Nur ab und zu war sie auf dem für Frauen gefertigten hohen Sattel gesessen, um mit dem Vater zur Messe zu reiten.

Mädchen lernten Spinnen, Sticken und Weben auf der Burg; das Reiten, Jagen und Kämpfen war natürlich den Jungen vorbehalten.

Doch sie war drahtig und kräftig. Und vor allem hatte sie einen festen Willen, was das Wichtigste ist, wenn man ein fremdes Pferd lenken will. Schon bald begannen ihr die Schenkel und der Rücken zu schmerzen, aber sie hielt durch. Ihre Stute trabte brav hinter dem Schimmel von Hagen her.

Je näher sie Mainz kamen, desto voller wurde die Straße. Vor allem Händler, Spielleute und jede Menge neugieriges Volk waren unterwegs, aber auch Bettler und einfache Wandermönche. Ehrfürchtig machten sie den Rittern mit ihrem Gefolge und den Kirchenfürsten Platz, die mit großem Trara des Weges kamen.

Es war kurz vor Pfingsten, einem der höchsten christlichen Feiertage. Die kirchlichen Würdenträger zeigten an solchen Tagen besonders gerne, dass nichts im Heiligen Römischen Reich Deutscher Nation passierte, ohne dass sie dabei waren.

Und bei so einem Fest konnte der Kaiser natürlich erst recht nicht auf sie verzichten!

Johanna hielt ihre Stute an. Da waren in der Ferne ja schon die Türme von Mainz zu erkennen. Rheinabwärts wie rheinaufwärts schoben sich Lastkähne auf die Stadt zu, die so voll mit Weinfässern beladen waren, dass sie zu versinken drohten.

»Sieh nur, Hagen! Hast du so was schon gesehen?« Johanna fiel fast vom Pferd, weil sie den Hals in alle Richtungen reckte, um nichts zu verpassen.

Jemand schlug ihrer Stute auf die Flanke und trieb sie weiter.

»Zur Zeltstadt … zur Zeltstadt auf der Maaraue!« Ausrufer versuchten den Strom der Besucher zu lenken.

Mainz war mit seinen 10 000 Einwohnern eine recht große Stadt. Trotzdem war sie längst nicht in der Lage, all die Gäste, die anlässlich des Festes erwartet wurden, zu beherbergen. Es war schon in normalen Zeiten zu eng und zu voll innerhalb des Ringes der Stadtmauer.

Und so hatte der Kaiser auf einer Insel nahe der anderen Rheinseite eine gewaltige Zeltstadt aufbauen lassen. Kein Edelmann, der ihm zu Ehren gekommen war, sollte abgewiesen werden, weil er keine

Herberge fand. Friedrich der Erste, der glanzvollste aller glanzvollen Staufer-Kaiser, war auf der Höhe seiner Macht. Die aufmüpfigen italienischen Städte, die ihm wegen seines roten Bartes den Beinamen Barbarossa gegeben hatten, waren besiegt; sein frecher Vetter Heinrich der Löwe in seine Schranken gewiesen. Jeder im Deutschen Reich musste ihn als den einzigen, wahren Herrscher anerkennen. Dass seine beiden Söhne an diesem Pfingstfest zu Rittern geschlagen wurden, war für ihn genau der richtige Anlass, aller Welt seine Macht zu zeigen.

Hagen und Johanna waren abgestiegen. Sie hatten sich in einiger Entfernung der mit Fahnen geschmückten Zelte ans Ufer gesetzt.

Die Satteltasche, in der sie den Geldsack verstaut hatten, lag zwischen ihnen. Doch vor lauter Schauen und Staunen vergaßen sie ganz, weshalb sie eigentlich nach Mainz gekommen waren.

Und auch den Einbruch der Dunkelheit bekamen sie erst mit, als ringsumher die Fackeln angezündet wurden.

»Wo sollen wir übernachten?«, fragte Johanna ihren Bruder. Sie merkte plötzlich, wie müde sie war. Jeder Knochen schmerzte ihr vom ungewohnten Reiten.

Das größte Fest des Mittelalters

Zu Pfingsten des Jahres 1184 wird das wohl größte Fest des Mittelalters gefeiert. Anlass für das sogenannte Mainzer Hoffest ist die Schwertleite der beiden ältesten Söhne des Kaisers Friedrich Barbarossa: sie werden in den Ritterstand aufgenommen. Über 70 Fürsten aus dem In- und Ausland sind geladen, dazu noch unzählige Ritter – niemand weiß genau, ob es nun 20 000 oder gar 70 000 sind. Um alle Gäste unterbringen und bewirten zu können, lässt der Kaiser die Maaraue, eine Flussinsel gegenüber von Mainz, in eine prächtige Zeltstadt verwandeln. Am Pfingstmontag muss das Fest jedoch wegen eines schweren Unwetters vorzeitig abgebrochen werden.

Hagen streckte sich. Auch ihm tat alles weh. Am liebsten hätte er sich einfach im Gras ausgestreckt. Aber das war mit einem Sack Gold unter dem Arm natürlich viel zu gefährlich.

Wo konnten sie nur sicheren Unterschlupf finden? Ach, wenn sein Vater ihn nur einmal mit nach Mainz genommen hätte, so wie seinen Knappen! Dann würde er sich hier besser auskennen …

Erst im Herbst war Waldemar mit Ritter Karl für ein paar Tage in Mainz gewesen. Und hinterher hatte er geprahlt mit all den stolzen Gebäuden, die er in der Stadt gesehen hatte. Der große Marktplatz und der Dom mit seiner achteckigen Kuppel … Und dann hatte er zugeben müssen, dass sie gar nicht in Mainz, sondern im Kloster der Benediktiner ein paar Meilen vor der Stadtmauer übernachtet hatten. »Aber immerhin im Gästehaus des Abtes, im Haus für die vornehmen Leute«, hatte er angegeben.

Hagen kannte das Kloster aus den Erzählungen seines Vetters Georg, der dort als Novize angefangen hatte. Es war ein Kloster, das für seine Bibliothek berühmt war. Wie oft hatte Hagen seinen Vetter darum beneidet, dort aufgenommen zu werden. Was er dort wohl alles lernte? Seit wann war Georg dort überhaupt?

»Hagen!« Johanna riss ihn aus seinen Gedanken. »Du schläfst ja schon mit offenen Augen.«

Hagen rieb sich das Gesicht. Ja, es war höchste Zeit, einen Schlafplatz zu finden. Zögernd erzählte er Johanna von dem Kloster, in dem Gäste für die Nacht aufgenommen wurden.

»Aber lassen sie denn da auch Mädchen übernachten?« Johanna runzelte zweifelnd die Stirn.

»Die Mönche können dich doch nicht mitten in der Nacht vor dem Tor stehen lassen«, antwortete Hagen. »Das sind doch barmherzige Männer.« Er rang sich ein müdes Grinsen ab. »Und heute ist doch unser Glückstag, oder nicht?«

Johanna nickte. Kurz entschlossen winkte sie einem Jungen zu, der genau wie sie am Ufer herumlungerte, um ein bisschen von dem Glanz dieser Tage mitzubekommen. »Hey, du!«, rief sie. »In welche Richtung liegt das Kloster der Benediktiner?«

Bereitwillig erklärte ihr der Bursche den Weg. Dabei musterte er sie neugierig. »Ein Mädchen wie sie sollte sich nicht so spät noch herumtreiben«, sagte er zu Hagen. »Da könnte manch ein Halunke auf dumme Gedanken kommen.«

Hagen machte ein finsteres Gesicht und streckte seine magere Gestalt um ein paar Zentimeter. »Ich kann sie wohl beschützen«, grummelte er, ohne den Burschen anzuschauen.

Wenig später saßen die Geschwister auf den Pferden und machten sich auf den Weg. Zum Glück war es ein sternenklarer Abend und die Straße war in einem guten Zustand.

Hagen hing wieder seinen Gedanken nach.

»Was meinst du, Johanna«, fragte er seine Schwester, die neben ihm ritt, »ob Georg wohl seine Novizenzeit schon beendet hat? Vielleicht trägt er schon die Kutte und sie haben ihm das Haar geschoren.«

»Ich erkenne ihn trotzdem wieder«, meinte Johanna. »Schade, dass er Mönch wird …« Sie lächelte wehmütig. In den zwei Wochen, die Georg im Winter bei ihnen auf Burg Felsenstein gewesen war, hatte sie Gefallen an ihrem Vetter gefunden. Er war längst nicht so ein Draufgänger wie Waldemar. Es passte zu ihm, dass er Lesen und Schreiben lernen und sein Leben Gott weihen wollte. Sie verstand es gut, dass ein Junge es vorzog, den Armen zu helfen, statt das Töten zu lernen und in den Krieg zu ziehen.

Jetzt lächelte auch Hagen. »Ja«, sagte er. »Die Netten werden Mönch. Und die Deppen werden Knappe. Und so wirst du wohl leider keinen Netten heiraten können.«

Die Nacht im Kloster

Es war tiefe Nacht, als die Zwillinge endlich die Schutzmauer des Klosters erreichten. Erschöpft ließen sie sich von den Pferden gleiten. Mit den Pferden am Halfter gingen sie auf das Torhaus zu.

»Hoffentlich lassen sie mich rein«, murmelte Johanna. »Ich bin so müde, dass ich sterben könnte.«

Hagen antwortete nicht. Er versuchte, das Gesicht des Mönches, der Wache hielt, zu erkennen. War es ein gütiges Gesicht?

Der Mönch schaute im Schein einer Fackel aus seinem Torhaus heraus und musterte die beiden Kinder von Kopf bis Fuß. Er runzelte die Stirn. Doch als er zum Sprechen ansetzte, fiel ihm Johanna ins Wort.

»Gott mit Euch, Bruder! Habt Mitleid mit zwei müden Reisenden, die einen Schlafplatz suchen. Unser Vetter Georg, der hier Novize ist, hat uns von Eurer Güte erzählt …« Sie stockte. Herr im Himmel, mehr fiel ihr nicht ein, um den Mönch zu überreden.

Das längliche Gesicht des Mönches legte sich wieder in Falten.

»Soso«, sagte er. »Der junge Georg ... ein anständiger Bursche.«

Er räusperte sich und Johanna hielt vor Spannung den Atem an.

»Nun, zwei Kinder, mitten in der Nacht ... und das in diesen Zeiten ...« Jetzt rang sich der Mönch zu einer freundlicheren Miene durch. »So wird es denn wohl Gottes Wille sein. Ich schließe euch auf.«

Und dann kam er tatsächlich aus dem Torhaus heraus und zeigte ihnen die Wiese hinter den Stallungen, wo sie ihre Pferde weiden lassen konnten. »Bevor die Sonne aufgeht, müsst ihr aber wieder weg sein«, sagte er mit erhobenem Zeigefinger.

Im Schein einer Fackel führte er sie durch die Klosteranlage zum Gästehaus.

Hagen und Johanna machten große Augen. Das war ja eine richtige kleine Stadt, die sich da hinter den Klostermauern erstreckte. In der Mitte stand die Kirche. Daneben waren Sakristei, Schreibstube und Bibliothek, wie ihnen der Mönch mit gedämpfter Stimme erklärte. Rundherum konnte man in der Dunkelheit noch zahlreiche Gebäude erkennen, eine Bäckerei und ein Brauhaus, daneben Küchenhaus, Waschhaus, Werkstätten für Schuster, Gerber, Drechsler und sogar einen Goldschmied. Dann das Haus des Abtes, hinter dessen Fenstern Kerzenlicht schimmerte und das schon fast einem Palast glich, und natürlich die Gebäude, in denen die Mönche schliefen und arbeiteten.

»Hier hat euer Vetter Unterricht«, sagte der Mönch, als sie an einem der steinernen Gebäude vorbeigingen, »das ist die innere Schule.« Dann zeigte er zu einem Haus mit kleinen Fenstern hinüber. »Und dort drüben schlafen die Novizen. Wenn ihr wollt, schicke ich Georg morgen vor dem Morgenlobgebet zu euch. Vielleicht ist es das letzte Mal, dass ihr ihn seht. Wenn er erst einmal das Mönchsgelübde abgelegt hat und die Kutte trägt, wird er kaum noch Kontakt zu seinen Verwandten haben.«

Schließlich hielt der Mönch vor einem großen Gebäude, an das sich eine Küche anschloss. »Dies ist die Pilgerherberge. Da werdet ihr wohl einen Strohsack zum Liegen finden. Nehmt am Brunnen dort drüben noch einen Schluck Wasser und legt euch leise schlafen.« Er zögerte. »Das ist eigentlich kein Ort für ein Mädchen … Und passt auf euer Hab und Gut auf. Es ist allerhand zwielichtiges Volk unterwegs.«

Zu Besuch im Kloster

Manche Klöster des Mittelalters sind sehr mächtig und fast so groß wie eine Stadt. Den Mittelpunkt bildet die Kirche, in der sich die Mönche oder Nonnen bis zu achtmal am Tag zum Gebet treffen. Darum herum liegen die Gebäude, die nur den Mönchen oder Nonnen vorbehalten sind und nicht von Fremden

betreten werden dürfen, die sogenannte *Klausur*. Die Klöster versuchen, sich möglichst selbst zu versorgen. Deshalb gibt es hier nicht nur Wohn- und Schlafräume, sondern auch etliche Werkstätten. Dazu kommen ein Heil- und Kräutergarten, Mühle, Brauerei, Gästehaus, Abthaus, Bibliothek, Friedhof und vieles mehr.

Unter gesenkten Lidern warf er einen Blick auf den Geldsack, den Johanna halb in den Falten ihrer Tunika verbarg. Dann eilte er davon.

Johanna und Hagen blieben einen Moment in der Tür der Pilgerherberge stehen. Eine Welle warmer, abgestandener Luft schlug ihnen entgegen.

In dem großen Raum waren all jene untergebracht, die die Gastfreundschaft der Mönche in Anspruch nahmen und nicht zu den höhergestellten Gästen des Abtes zählten: Pilger, Wandermönche, Händler und Handwerker auf Wanderschaft, aber auch etliche in Lumpen gehüllte Alte und Kranke. Vielleicht waren auch ein paar entlaufene Knechte darunter, die in die Stadt wollten. Wegen des bevorstehenden Festes in Mainz war jeder Meter des Steinfußbodens mit Strohsäcken belegt.

Bald lagen Hagen und Johanna dicht beieinander neben dem Eingang. Den Sack mit dem Geldschatz hatte Hagen sich vorsichtshalber unter den Strohsack geschoben.

Vor Müdigkeit fielen ihm sofort die Augen zu. Aber er kam trotzdem nicht zur Ruhe und wälzte sich unruhig hin und her. Er träumte von finsteren Burschen, die über ihn herfielen, um ihm den Geldbeutel zu entreißen.

Sie hatten nur wenige Stunden geschlafen, als jemand Hagen vorsichtig an der Schulter packte.

Er fuhr herum und sah in Georgs rundliches Gesicht. Der Novize legte den Finger an die Lippen, deutete zur Tür und huschte hinaus.

Schnell weckte Hagen seine Schwester. Johanna war sofort wach. Auch sie hatte bei all dem Geschnarche keinen rechten Schlaf gefunden.

»Georg!« Johannas Augen leuchteten vor Freude, als sie im Dämmerlicht des frühen Morgens vor ihrem Vetter stand. »Du hast ja noch deine Haare!«

Georg antwortete mit einem Grinsen. »Hast du gedacht, ich wäre hier zum Greis geworden?«, gab er zurück.

»Nein«, lachte Johanna leise. »Aber ich hatte schon befürchtet, du würdest wie ein Mönch aussehen.«

Hagen musterte Georg neugierig. »Es scheint, als ginge es dir hier gut. Kannst du jetzt Lesen und Schreiben?«

Georg wiegte den Kopf hin und her. »Es ist nicht immer einfach. Der Tag ist lang und hart. Aber ich habe wirklich viel gelernt.«

Er drückte Hagen eine Schale in die Hand. »Ihr müsst euch beeilen! Hier habt ihr etwas Milch mit

Grütze. Trinkt und dann kommt mit zum Torhaus. Ich habe nur wenige Minuten Zeit.«

Hastig schlürfte Hagen den süßen Brei und reichte dann die Schüssel an Johanna weiter.

Georg schaute unruhig zu. »Es war wohltätig von Bruder Bertram, euch eine Schlafstatt zu geben«, sagte er. »Im Kloster sind keine Frauen erlaubt. Der Abt kann da sehr ungnädig werden. Ihr müsst so schnell wie möglich aufbrechen.« Für einen Moment sah er Johanna in die Augen und ihr Herz schlug schneller. »Was macht ihr eigentlich hier?«, fragte er.

Doch als sie antworten wollte, unterbrach Hagen sie.

»Während du es ihm erzählst, hole ich schon mal die Pferde und packe die Satteltasche.« Er nahm ihr den Geldsack aus der Hand. »Wir treffen uns jenseits des Torhauses.«

Johanna sah ihrem Bruder hinterher, als er davoneilte. Es schien ihr fast, als wäre er in den letzten Stunden ein Stückchen älter und kräftiger geworden.

Georg zog sie in den Schatten der Klostermauer, wo sie sich auf den Boden setzten.

Die Morgendämmerung hatte bereits begonnen und Johanna hätte gerne eine Weile einfach so neben Georg gesessen und die Stille genossen.

Doch dafür war keine Zeit. Hastig erzählte sie ihrem Vetter alles, was sie erlebt hatten.

»Was für ein Abenteuer! Wie gerne würde ich euch begleiten.« Georgs Augen funkelten. Dann legte er den Arm um Johanna. »Pass gut auf dich auf. Und wenn ihr nach dem Fest aus Mainz hier wieder vorbeikommt, musst du mir alles von der Schwertleite und dem Roten Ritter und dem Geld berichten, ja?«

Für einen Moment schmiegte Johanna sich an ihren Vetter. Dann sprang sie auf. Hinter der Klostermauer war das leise Getrappel der Pferde zu hören.

Wiedersehen im Goldenen Bären

Johanna ließ ihr Pferd im raschen Trab laufen und sah sich immer wieder um.

»Warum schaust du ständig zurück? Glaubst du, Georg steht auf dem Kirchturm und winkt dir hinterher?«, neckte Hagen seine Schwester.

»Tss«, machte Johanna schnippisch. »Ich hab nur daran gedacht, dass Vater und Waldemar vielleicht gar nicht in der Zeltstadt übernachten. Vielleicht sind sie ja auch dieses Mal im Kloster abgestiegen. Dann sind sie vielleicht direkt hinter uns.«

»Das hätte uns Georg doch erzählt«, erwiderte Hagen.

»Stimmt«, meinte Johanna. »Aber was ist, wenn uns irgendein Lump verfolgt, der uns im Hospital mit dem Geldsack gesehen hat? Das Kloster scheint mir nicht gerade der sicherste Ort zu sein.«

Hagen hielt seinen Schimmel an. Er seufzte. »Mir schon«, meinte er zögernd.

»Was meinst du damit?«

Hagen klopfte auf die Satteltasche.

Jetzt erst sah Johanna, dass die Tasche nicht mehr wie gestern rund und ausgebeult war. Da begriff sie, was Hagen meinte. Der Geldbeutel war nicht mehr da!

»Ich hab ihn hinter dem Stall vergraben, als ich die Pferde geholt hab«, sagte Hagen.

»Was hast du?«

»Wir können doch nicht ständig mit dem Geldsack herumlaufen. Du hast doch selbst Angst, dass wir deshalb verfolgt werden könnten!«

»Hast du denn wenigstens ein paar Münzen für uns rausgenommen?«, fragte Johanna.

»Nein, das hab ich in der Eile ganz vergessen.« Hagen machte ein schuldbewusstes Gesicht.

Johanna schüttelte seufzend den Kopf. Stumm ritten sie weiter. Obwohl sie sich darüber ärgerte, dass ihr Bruder so eigenmächtig gehandelt hatte, war sie gleichzeitig auch erleichtert. Selbst zu dieser frühen Morgenstunde war schon wieder allerhand Volk unterwegs. Sämtliche Bettler und Tagediebe des Landes schienen nach Mainz zu wollen. Einige der armseligen Gesellen waren sicher auch entlaufene Knechte, die nach Mainz flüchteten. »Stadtluft macht frei«, ging es Johanna durch den Kopf. Sie wusste, dass aus einem hörigen Knecht in der Stadt ein freier Bürger wurde, wenn er ein Jahr und einen Tag lang von seinem Leibherrn nicht zurückgefordert wurde.

Selbst den Rittern, die hoch zu Pferd auf die zerlumpten Gestalten herunterblickten, war nicht unbedingt zu trauen. Einige von ihnen hatten nicht einmal Land und Burg und schielten neidisch auf die reichen Händler und Kaufleute. Verglichen mit den wohlhabenden Bürgern, von denen es in den Städten immer mehr gab, war manch Ritter ein armer Schlucker. Darüber hatte Ritter Karl oft genug geklagt.

Doch plötzlich kam Johanna nicht mehr dazu, über ihre Weggenossen auf der Straße zu grübeln. Denn in diesem Moment sah sie ihn! Den Roten Ritter! Er ritt auf seinem Rappen die Landstraße entlang, etwa 200 Fuß vor ihnen.

Johanna riss die Arme in die Höhe. »Halt, Herr!«, rief sie. »Wartet!«

Doch natürlich drehte der Reiter sich nicht um. In all dem Getümmel auf der Straße fühlte er sich wohl durch die Stimme eines Mädchens nicht angesprochen. Und schon nach wenigen Sekunden war er hinter der nächsten Wegbiegung verschwunden.

»Schnell! Hinterher!« Johanna und Hagen trieben ihre Pferde an, so gut und so schnell es eben ging.

Aber sie holten den Mann auf dem Pferd nicht mehr ein.

»Lass uns fragen, ob jemand den Ritter mit dem roten Umhang gesehen hat oder ihn vielleicht sogar kennt«, schlug Johanna schließlich vor. Sie stiegen ab und führten die Pferde am Halfter.

Zunächst ernteten sie nur Kopfschütteln auf ihre Frage nach dem fremden Ritter. Doch endlich nickte ein Scherenschleifer, der vor einem Gasthaus an einer Weggabelung stand.

»Er wird wohl noch da drinnen sein und vespern«, meinte er und zeigte zu dem weiß getünchten Haus hinüber, über dessen Tür das vergoldete Abbild eines Bären hing. Es war ein recht großer Bau, an den sich eine Pferdetränke anschloss. »Seht. Dort ist sein Pferd.«

Hagen und Johanna musterten den Rappen, der an einem Balken angebunden war und unruhig seinen schönen Kopf hin und her warf.

»Tatsächlich, das ist es. Schau nur das Wappen auf der Pferdedecke«, sagte Hagen.

Johanna nickte. »Ja, das ist es wohl«, seufzte sie.

Jetzt, wo sie den Fremden gefunden hatten, spürte sie plötzlich Enttäuschung. Sollte das große Abenteuer schon bald vorbei sein?

In ein paar Minuten würden sie mit dem Ritter zusammen zum Kloster reiten, um ihm sein Eigentum wiederzugeben. Dann gab es keinen Grund mehr, nach Mainz zu ziehen. Dabei waren sie dem Ritterfest so nahe!

Sie banden ihre Pferde ein paar Meter von dem des Fremden entfernt an den Balken. Dann versuchten sie durch eines der niedrigen Fenster den Mann im roten Umhang zu entdecken.

Aber die Schenke war sehr voll. Auf den Bänken hockte allerlei Volk: Spielleute, Handwerksburschen, Händler, Tagelöhner und auch ein paar Frauen. Es wurde gelacht und geschrien und Würfelbecher wurden mit Schwung auf die Tische geknallt.

Den Zwillingen blieb nichts anderes übrig, als die laute und stickige Gaststube des Goldenen Bären zu betreten.

Niemand achtete auf die zwei Halbwüchsigen, die sich ihren Weg zwischen den Holztischen bahnten. Es roch nach Schweiß, Bier und saurem Wein. Der Fußboden war mit Bier und Spucke bedeckt.

Dicht gedrängt saßen die Gäste auf einfachen Holzbänken und ließen sich das Bier schmecken. Die Stimmung war ausgelassen. Morgen, am Pfingst-

Wie benimmt man sich anständig?

Die Gesellschaft im Mittelalter ist nach festen Regeln geordnet. Es gibt verschiedene Stände mit besonderen Rechten und Pflichten. Der Stand, in den man hineingeboren wird, bestimmt das ganze Leben. Jeder muss sich »anständig« verhalten, das heißt sich seinem Stand entsprechend benehmen. Zum Beispiel darf sich eine reiche Bäuerin nicht wie eine Adlige kleiden. Edle Stoffe, enge, ausgeschnittene Kleider, Pelze oder kostbarer Schmuck sind für sie nicht standesgemäß. Für die Juden erlässt der Papst 1215 eine eigene Kleidervorschrift, die sie ausgrenzen soll: Die Männer müssen ihren traditionellen spitzen Hut und einen gelben Ring auf ihrer Kleidung tragen.

sonntag, sollte das Hoffest beginnen. Zwar würde von den Besuchern der Schenke kaum einer den Kaiser und seine Söhne zu Gesicht bekommen, aber eine Abwechslung vom Alltag war das Ereignis für jeden in und um Mainz.

»Dahinten sitzt er!« Hagen blieb stehen.

Jetzt sah auch Johanna den Fremden, der an einem Tisch in einem schlecht beleuchteten Winkel der Stube saß. Im Gegensatz zu den anderen Gästen schien er übler Laune zu sein.

Leise, aber wütend redete er auf einen älteren Mann ein, der seinem hohen spitzen Hut zufolge ein jüdischer Händler war. Unter den Händlern gab es viele Juden, denn das war einer der wenigen Berufe, die ihnen erlaubt waren. Weder die Kaufmannsgilden noch die Zünfte der Handwerker nahmen Juden auf, und Grund und Boden durften sie auch nicht erwerben. Etliche von ihnen lebten auch davon, Geld zu verleihen; den Christen verbot die Kirche nämlich, Zinsen zu nehmen.

Johanna hielt Hagen, der auf den Ritter zugehen wollte, zurück. »Der scheint aber sehr schlechte Laune zu haben«, flüsterte sie.

»Kein Wunder. Bei dem vielen Geld, das er auf der Straße verloren hat«, meinte Hagen.

»Was glaubst du? Wird er uns eine Belohnung dafür geben, dass wir ihm seinen Besitz wiederbringen?«

Hagen betrachtete das vernarbte, braun gebrannte Gesicht des Ritters. Die Brauen überwölbten helle blaue Augen, die unruhig hin und her wanderten. Er trug eine kurze Tunika, enge schwarze Beinlinge und den dunkelroten Umhang. Seine Kleidung war offenbar aus edlen Stoffen gefertigt. An den Fingern funkelte ein goldener Siegelring.

»Nein«, antwortete Hagen. »Aber es ist sein Eigentum. Und wir dürfen es ihm nicht vorenthalten, wenn wir nicht im Fegefeuer landen wollen.« Er nahm sich ein Herz und steuerte auf die beiden Männer in der Ecke der Gaststube zu.

Johanna folgte ihm zögernd. Sie hatte ein ungutes Gefühl. Am liebsten wäre sie auf der Stelle wieder umgekehrt. Doch dafür war es bereits zu spät.

Schlimme Neuigkeiten

»Verzeiht, hoher Herr«, sagte Hagen höflich, als er auf den Edelmann zutrat.

Der Fremde zog die Brauen zusammen und machte eine Handbewegung, als wollte er eine Fliege verscheuchen. Doch Hagen hatte damit gerechnet, abgewiesen zu werden. Tapfer blieb er stehen und sah dem Mann in die Augen.

»Wir waren gestern früh auf der Hochstraße, die von der Hasenkuppe kommt«, sagte er schnell.

Der Fremde fuhr so heftig auf, dass er fast den Tisch umwarf. Mit einem herrischen Blick gebot er dem Händler, ihn allein zu lassen.

»Was wollt ihr?«, zischte er, als der Händler sich zurückgezogen hatte. Er sah von Hagen zu Johanna und von Johanna wieder zu Hagen.

»Nichts Böses«, beeilte sich Johanna zu sagen. »Wir wollen Euch geben, was das Eure ist. Das, was Ihr verloren habt«, fuhr sie hastig fort. Ach, hätte sie nur ihrem Gefühl vertraut und diesen Menschen gar nicht erst angesprochen.

Der Fremde sah sich lauernd um. Doch niemand schien sein Gespräch mit den beiden Kindern zu beachten.

»Setzt euch!«, sagte er. Es klang wie ein Befehl und nicht wie eine freundliche Aufforderung.

Doch als die Geschwister ihm gegenüber Platz genommen hatten, änderte sich plötzlich sein Benehmen. »Ihr beide habt also gefunden, was ich verloren habe?«, fragte er und lächelte Johanna dabei an. »Das ist mir aber eine große Erleichterung.«

Johanna bemühte sich um ein Lächeln. Noch immer war ihr der Mann alles andere als angenehm, aber trotzdem musste man wohl höflich zu ihm sein.

»Ja«, antwortete sie. »Euren Lederbeutel.«

»Woher wisst ihr, dass es meiner ist?«, fragte der Fremde.

»Wir haben gesehen, wie er Euch auf die Straße gefallen ist«, fügte Hagen an. »Und wir haben auch das Wappen erkannt.«

Für einen Moment huschte wieder ein Schatten über das Gesicht des Mannes. »Das Wappen?«

»Die gekreuzten Schwerter«, beeilte sich Hagen zu sagen. »Auf Eurem Umhang. Und auf dem Beutel.« Er fühlte sich von Minute zu Minute unwohler. Wieso behandelte sie dieser düstere Kerl eigentlich wie Strauchdiebe? Er sollte ihnen doch wohl dankbar für all ihre Mühe sein, oder nicht?

Für ein paar Sekunden fiel der Mann in dumpfes Schweigen. Dann musterte er die Zwillinge. »Wo habt ihr den Beutel?«, sagte er leise. »Tragt ihr ihn bei euch? Habt ihr ihn aufgemacht?«

Hagen rutschte unruhig auf seinem Hocker hin und her. Was sollte er sagen?

Doch da mischte sich Johanna ein. »Nein«, antwortete sie. »Wir haben ihn nicht bei uns. Wir wollten damit nicht auf der Straße herumlaufen.«

Der Fremde holte tief Luft. »Kluges Mädchen«, sagte er. »Und wo ist der Beutel?«

Johanna warf Hagen einen schnellen Blick zu. Hagen zögerte einen Moment, dann nickte er. Natürlich. Er dachte genau wie sie. Einen hohen Herrn wie diesen durfte man nicht anlügen. Auch wenn er nicht gerade freundlich war. »Wir haben ihn im Kloster gelassen«, antwortete sie, »bei den Benediktinern.«

»Im Kloster … bei den Mönchen also«, murmelte der Fremde und biss sich auf die Unterlippe. Plötzlich stand er auf und schlug mit der Hand auf den Tisch. »Wie undankbar bin ich doch! Ihr beide habt sicher Hunger und Durst. Wartet hier. Ich werde euch Bier und Brot bringen.«

Was kommt auf den Tisch?

Während bei den höheren Ständen vor allem Wein serviert wird, trinken die Bauern viel Obstsäfte, Molke und Bier. Besonders dort, wo das Brunnenwasser von schlechter Qualität ist, wird viel Dünnbier getrunken, das nicht so viel Alkohol hat wie das heutige Bier. Selbst Kinder trinken Bier. Man hält es für gesünder als Wasser, weil es durch das Kochen der Bierwürze weitgehend keimfrei ist. Da es viele Kalorien hat, ergänzt es die oft karge Nahrung. Die einfachen Leute essen viel Gersten- und Roggenbrot oder Getreidebrei. Dazu kommt alles, was die Jahreszeit an Früchten und Gemüse bietet. Teures Fleisch und Fisch können sich meist nur die Adeligen leisten.

Ehe Johanna und Hagen etwas sagen konnten, war er auch schon verschwunden.

»Ich würde lieber gehen«, flüsterte Johanna ihrem Bruder zu. »Mir gefällt es hier nicht.«

»Mir auch nicht«, meinte Hagen. »Aber Hunger und Durst habe ich wirklich. Es wird tatsächlich besser sein, etwas zu essen, bevor wir uns auf den Weg zurück zum Kloster machen.«

Sie warteten eine Weile, ohne viel miteinander zu reden. In dem Stimmengewirr, Gelache und Gegröle um sie herum war es eh schwer, ein Gespräch zu führen.

»Habt ihr gehört?«, hörten sie einen der Burschen rufen, »der Steinschlag, der die Hochstraße versperrt hat, soll absichtlich ausgelöst worden sein.«

»Und nicht nur das!«, rief ein anderer. »Der Bischof ist überfallen worden! Jemand hat mutwillig den Weg blockiert, nachdem er den Bischof ausgeraubt hat!«

»Einen fetten Sack Goldstücke haben sie erbeutet!«

»Erschlagen haben sie ihn! Die feigen Räuber! Ihn und seine drei Begleiter.«

»Ist er wirklich tot?«

»Gesindel!«

»Keiner konnte hinterher. Es hat Stunden gedauert, bis die Straße wieder passierbar war!«

»Zehn Männer mit Pferden waren nötig, um die Felsbrocken wegzukriegen.«

Die aufgebrachten Stimmen gingen durcheinander, doch Hagen und Johanna hörten nicht mehr hin.

Johanna war blass beworden. »Gütiger Gott, Hagen«, flüsterte sie. »Weißt du, was das bedeutet?«

Hagen nickte. Ja, auch er hatte begriffen, was die Männer da erzählten. Nur sie beide und der rote Reiter waren gestern früh auf dem Abschnitt der Hochstraße unterwegs gewesen, der zwischen der versperrten Stelle und dem Dorf Oberau lag. Sonst niemand. Sie selbst waren den Abhang hochgeklettert und hatten deshalb den Steinschlag umgangen. Und der Rote Ritter? Er musste hinter sich die Steinlawine in Gang gesetzt haben. Und zwar um der Verfolgung zu entkommen. Genau wie die Männer es gesagt hatten.

Der Fremde, der da gerade mit einem Krug Bier und einem Laib Brot auf sie zukam, hatte den Bischof ausgeraubt, vielleicht sogar erschlagen! Der Geldbeutel, den sie ihm in Kürze geben mussten, gehörte gar nicht ihm!

Mit letzter Kraft

»Lasst es euch schmecken!« Mit einem Lächeln stellte der Mann im roten Umhang das Essen und Trinken auf den Tisch. Er griff selbst zu dem frischen Haferbrot und biss hinein.

Obwohl Hagen sich vorgenommen hatte, nichts von dem schrecklichen Mann anzunehmen, lief ihm das Wasser im Mund zusammen. Sein Magen knurrte und seine Kehle brannte.

Der Fremde schob ihm den Becher und das Brot zu. »Greif zu«, sagte er. »Du siehst ja halb verhungert aus, Jüngelchen.«

Hagen seufzte. Dann steckte er sich einen Brocken des duftenden Brots in den Mund und spülte ihn mit dem Bier hinunter. Es war kühl und würzig, geradezu bitter, aber er tat noch einen großen Schluck.

Jetzt reichte der Mann Johanna den Becher.

Doch die schüttelte den Kopf. »Ich mag kein Bier«, sagte sie. »Und ich habe auch keinen Hunger.«

»So wählerisch?« Der rote Reiter warf ihr einen düsteren Blick zu. »Ich hole dir Wasser.«

Wieder stand er auf.

Auf dem Weg zum Wirt wurde er von dem jüdischen Händler angesprochen, der wohl des Wartens müde geworden war.

Hagen schnappte ein paar Worte des Händlers auf.

»… mehr als diese Summe schuldig …«, verstand er. Dann sah er, wie der Edelmann den Händler unwirsch zur Seite schob.

»Der Händler wartet auf sein Geld«, wollte er seiner Schwester zuraunen. Doch er bekam kein Wort heraus. Die Zunge war ihm plötzlich schwer geworden. Ein Schwindelgefühl packte ihn, sodass er nur noch Johannas Hand ergreifen konnte. Er packte sie so fest, dass sie ihn erschrocken ansah.

»Hagen! Was ist mit dir?« Johanna schaute in das bleiche Gesicht ihres Bruders. Sein Atem ging schnell und heftig. »Was hast du denn?«

Hagen antwortete nicht. Aber sein Blick ging zu dem Becher hinüber, aus dem er getrunken hatte.

Im selben Moment begriff Johanna, was passiert war! Ihre Weigerung, von dem Bier zu trinken, war richtig gewesen. Der Fremde hatte ihnen etwas in das Getränk gemischt, das sie unschädlich machen sollte! Gütiger Gott! Was mochte Hagen da wohl geschluckt haben? Sie hatte von den gefährlichsten Kräutern gehört, die man überall pflücken konnte. Der Gefleckte Schierling zum Beispiel, den man Menschen mit Fallsucht gab. Er führte unweigerlich zum Tod, wenn man nur ein Zehntel Gramm zu viel davon erwischte.

Panisch sah Johanna im Raum umher. Wer konnte ihnen helfen? Die Bauern und Händler und Tagelöhner ringsumher? Ehe sie denen erklärt hatte, worum es ging, war der Fremde zurück. Johanna konnte ihn sehen, wie er mit dem Wirt sprach.

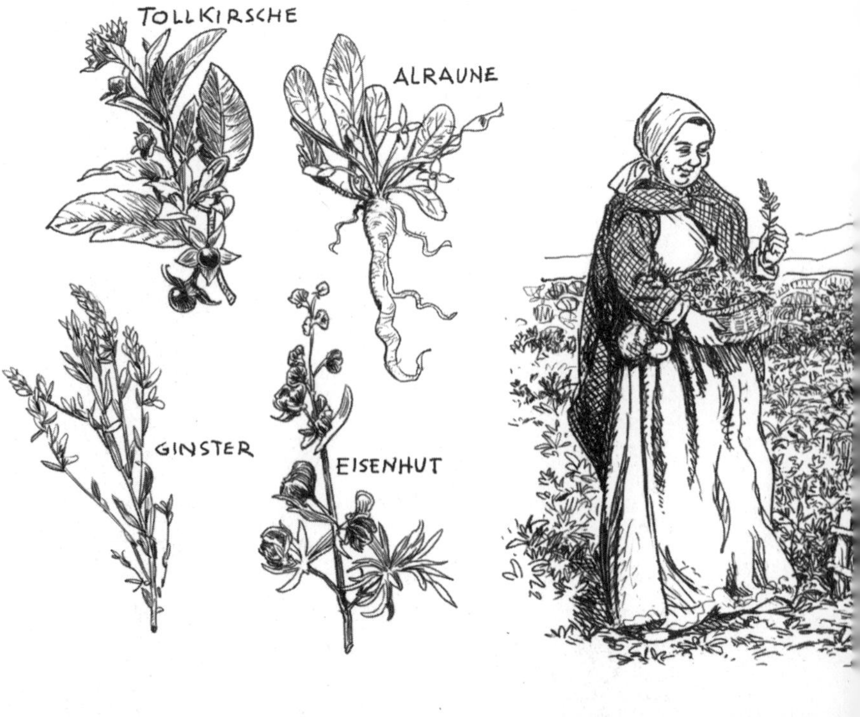

Pflanzen als Medizin und Gift

In der mittelalterlichen Medizin nimmt die Kräuterheilkunde einen wichtigen Platz ein. Besonders in den Klöstern ist das das Wissen um die starke Wirkung, die Blätter oder Früchte auf Magen, Darm, Herz und Kreislauf haben, weit verbreitet. Je nach Dosierung können Pflanzen als Heilmittel oder Gift eingesetzt werden. Zu diesen Pflanzen zählen unter anderem Alraune, Schierling, Eisenhut, Einbeere, Zaunrübe, Ginster, Oleander. In den Klöstern, aber auch im einfachen Volk, wurde das Wissen um heilende Kräuter von Generation zu Generation weitergegeben. Zu den Heilpflanzen gehörten Wermut, Salbei, Johanniskraut, Fenchel, Schlafmohn, Liebstöckel, Flohkraut, Betonie, Rettich und Minze.

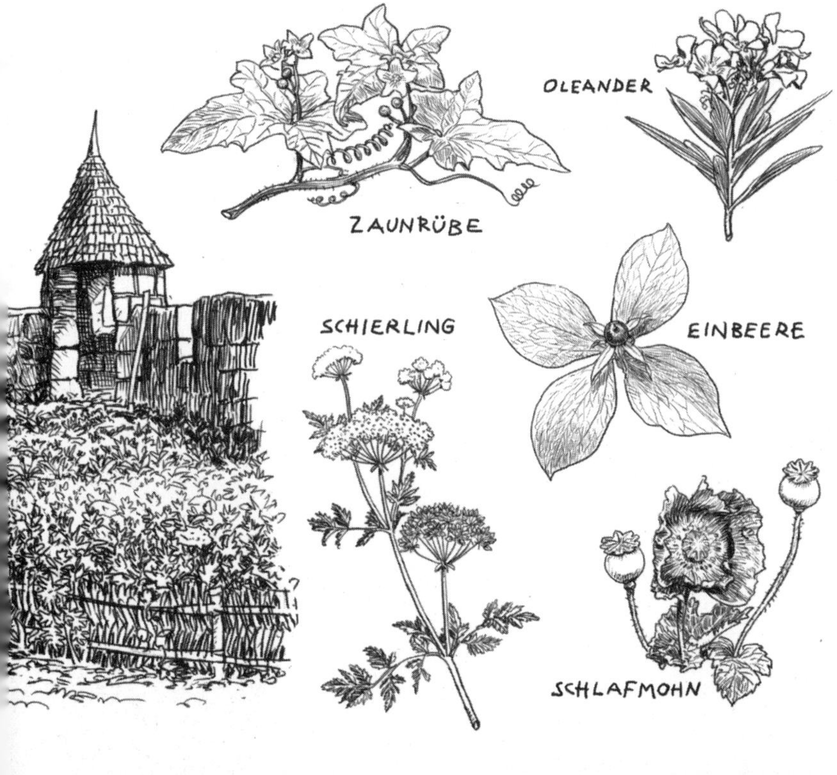

Nein, sie durfte keine Zeit mit Worten verlieren. Sie musste sofort handeln.

»Kannst du aufstehen?«, fragte sie Hagen.

Ohne eine Antwort abzuwarten, packte sie ihn bei den Schultern und zerrte ihn hoch. Zum Glück war sie ein Stück größer und kräftiger als er. Durch die Krankheit war er ein zarter, dünner Bursche geblieben. Zum ersten Mal war sie dankbar dafür.

Sie schob ihn durch die Reihe der Männer zur Tür hinaus. Immer wieder schaute sie über die Schulter.

Der Fremde beachtete sie nicht. Er hatte genug damit zu tun, den Händler abzuschütteln, der sich zwischen ihn und den Wirt geschoben hatte.

Geschafft! Johanna hatte ihren Bruder aus dem Gasthaus herausgebracht. Schwer atmend sah sie sich um. Sie mussten sich verstecken, und zwar sofort!

»Was ist los?«, hörte sie Hagen murmeln.

Sie antwortete nicht. Mit einem Schwung legte sie sich seinen Arm um die Schulter, packte ihn um die Taille und schleppte ihn in Richtung des Pferdestalls neben dem Gasthaus.

Für einen Moment überlegte sie, ihn auf seinen Schimmel zu heben, der vor dem Stall angebunden war. Doch das würde sie nie im Leben schaffen. Hilflos sah sie sich um.

»Hat wohl zu viel Bier getrunken, dein Liebster …«, höhnten ein paar Kerle, die aus dem Gasthaus kamen. Grölend zogen sie an Johanna und Hagen vorbei. Von denen war keine Hilfe zu erwarten.

Johanna schleppte Hagen weiter, zum Pferdestall hinüber und in den dunklen, warmen Raum hinein. Dort ließ sie ihn auf den Boden gleiten.

»Hagen!«, keuchte sie. »Ich kann nicht mehr! Komm, du musst noch ein Stückchen weiterkriechen. Du darfst nicht hier am Eingang liegen bleiben. Komm schon, Hagen, nur ein paar Meter.«

Und Hagen schaffte es. Mit letzter Kraft schob er sich über den dreckigen Boden in die hinterste Ecke des Stalls, wo er sich übergab.

Johanna bedeckte den Auswurf mit Stroh. Dann zog sie Hagen die Gugel vom Kopf, damit ihm nicht zu heiß wurde. Erschöpft legte sie sich neben ihn und versuchte, ihren Atem zu beruhigen. Sie wollte die Pferde nicht nervös machen. Falls der rote Reiter in den Stall schauen sollte, durften die Tiere sie auf keinen Fall verraten!

Auf Leben und Tod

Johanna hatte das Gefühl, eine Ewigkeit neben den Beinen einer Stute im warmen Stroh zu liegen. Hagen war in ihrem Arm eingeschlafen. Sie konnte sein Herz gegen ihre Rippen schlagen spüren, schnell und unregelmäßig. Was hatte der schreckliche Fremde Hagen nur zu trinken gegeben? Wenn es nun ein tödliches Gift war?

Vorsichtig zog sie den Arm unter Hagen hervor und rieb ihn kräftig. Ja, entweder hatte der Räuber sie töten wollen, weil er befürchtete, dass sie ihn als Täter erkannt hatten. Oder aber er wollte sie zumindest betäuben, um allein zum Kloster reiten zu können.

Besorgt betrachtete Johanna ihren Zwillingsbruder. Seine Haut sah gräulich aus. Aber er schien keine Schmerzen zu haben. Bei einem starken Gift würde er sich wohl in Krämpfen winden, oder?

Aber vielleicht brauchte er ein Gegenmittel, um wieder gesund zu werden? Die alte Marie, die auf der Burg den Kräutergarten pflegte, die würde Hagen sicher helfen können. Niemand kannte sich in der

Kräuterkunde so gut aus wie sie. Doch Burg Felsenstein war weit.

Johanna horchte und spähte in das Dämmerlicht des Stalls hinein.

Ruhig standen die Pferde da. Außer ihrem gelegentlichen Schnauben und Stampfen war nichts zu hören. Hatte sich der rote Reiter gar nicht erst die Mühe gemacht, sie zu suchen? War er womöglich sofort zum Kloster aufgebrochen? Vielleicht war es ihm egal, was aus Hagen und Johanna wurde, solange er nur an seinen Geldbeutel herankam.

Johanna stieß verächtlich die Luft durch die Nase aus. *Sein* Geldbeutel? Ach was! Der Beutel des Bischofs war es. Des Bischofs, der jetzt vielleicht tot war.

Plötzlich fröstelte es Johanna. Sie stand auf und ging zur Stalltür hinüber. Langsam öffnete sie die Tür einen Spalt und sah hinaus.

Für einen Moment blendete sie das grelle Tageslicht, doch dann erfasste sie die Situation. Der Rappe des roten Reiters war nicht mehr da!

Im ersten Augenblick spürte Johanna nichts als Erleichterung. Der Mann hatte das Weite gesucht. Er wollte sie nicht umbringen!

Doch dann durchzuckte sie die Erkenntnis wie

ein Schwert: Auch ihre Pferde waren nicht mehr zu sehen. Der Ritter hatte sie mitgenommen, damit sie ihm nicht folgen konnten!

Georg war in Gefahr! Wenn der rote Reiter nun von Bruder Bertram erfuhr, dass Georg ihr Verwandter war! Sicher glaubte er dann, dass ihr Vetter den Geldsack für sie verwahrte. Was würde der Räuber mit ihm anstellen, wenn er ihm das Geld nicht gab? Nicht geben konnte!

Johanna lief zu Hagen zurück, richtete ihn auf und schüttelte ihn. »Hagen!«, rief sie. »Hagen, wach doch auf. Wir müssen etwas tun!«

Ihr Bruder öffnete für einen Moment die Augen. Konnte er sie erkennen? Verstand er, was sie sagte? Sie strich ihm die langen Haare aus der Stirn und drückte ihren Mund an sein Ohr.

»Ich muss gehen, Hagen«, raunte sie. »Ich muss zum Kloster, um Georg zu warnen. Aber ich komme wieder, verstehst du?«

Hagen antwortete mit einem kaum merklichen Nicken. Da ließ Johanna ihn wieder zu Boden sinken. Mit Tränen in den Augen gab sie ihm einen Kuss auf die blasse Wange und stand auf.

An der Stalltür schaute sie sich noch einmal um. Ach, wenn es Hagen nun schlechter gehen sollte und sie dann nicht bei ihm war. Die ganze Geschichte war doch nur ihre Idee gewesen! Sie hatte den Einfall gehabt, Burg Felsenstein zu verlassen, um ein bisschen von dem Festtagstrubel mitzubekommen. Ohne sie säße ihr Bruder jetzt sicher und gesund daheim im Pferdestall, seinem liebsten Ort auf der Burg.

Doch dann verscheuchte Johanna alle Schuldgefühle. Sie hatte keine Zeit für solche Gedanken. Sie musste zurück zum Kloster! Sofort!

Entschlossen trat sie hinaus auf den Hof und rannte zur Gaststube hinüber.

Schon auf der Schwelle kam ihr der Händler mit dem spitzen Hut entgegen. Natürlich! Wenn ihr jemand helfen konnte, dann dieser Mann. Ihm lag doch sicher auch daran, dass der rote Reiter nicht entkam.

»Habt Ihr den Edelmann mit dem roten Umhang gesehen?«, sprach Johanna ihn an.

Der Händler verzog das Gesicht. »Edelmann? Ein schöner Edelmann ist das.«

In ihrer Aufregung packte Johanna den Händler an seinem schwarzen Gewand. »Ich muss hinter ihm her! Er ist auf dem Weg zum Kloster. Bitte, könnt Ihr mir Euer Pferd leihen?! Es geht um Leben und Tod!«

Nachdenklich strich sich der Händler über den langen spitzen Bart. »Soso, um Leben und Tod. Um Leben und Tod geht es immer. Das liegt in der Natur der Dinge.«

Johanna ließ den Rock des Mannes los. »Ich bitte Euch! Euer Pferd!«

Der Händler lächelte. »Ich habe kein Pferd. Wo ich hinwill, da komme ich auf Schusters Rappen hin. Und zwar immer noch rechtzeitig.« Er zeigte auf seine spitzen Schuhe. »Auch der Eilige erreicht das Himmelreich nicht eher.«

Gequält stöhnte Johanna auf. Gütiger Gott! Warum war der Alte nur so umständlich? So kam sie nicht weiter.

Plötzlich kam ihr ein Gedanke. »Sagt, wisst Ihr zufällig, ob Ritter Karl von Felsenstein schon in Mainz angekommen ist? Er ist mit einem ziemlich großen Tross unterwegs.«

»Nach Mainz wollen alle dieser Tage.« Der Händler schüttelte betrübt den Kopf und rieb sich die Hände. »Aber nicht alle kommen an.« Doch dann musterte er das Mädchen genauer. »Bist du nicht Karls Tochter, Johanna von Felsenstein? Ich bin schon öfters bei euch auf der Burg gewesen. Dein Vater ist ein guter Gastgeber. Er scheut sich nicht,

Die Juden im Mittelalter

Zur Zeit Barbarossas leben in Mainz sehr viele Juden; darunter zahlreiche kluge Gelehrte. Wie auch andere Städte weist Mainz den Juden ein eigenes Wohnviertel zu. Juden sind häufig Händler, weil ihnen die meisten anderen Berufe verwehrt sind. Sie werden nicht in die Zünfte der Handwerker aufgenommen und besitzen kein eigenes Land. Viele Juden arbeiten auch als Geldverleiher. Den Christen ist es nämlich verboten, Kredite zu geben und Zinsen zu nehmen. So kommt es, dass etliche Juden reich und mächtig werden und immer wieder den Neid der Christen auf sich ziehen. Vor allem in Notzeiten, wie etwa während der Pest, gibt man gern den Juden Schuld an allem Unglück. Sie werden verfolgt, vertrieben oder getötet.

mit Juden an einem Tisch zu sitzen, wie so mancher der christlichen Herren.«

Johannas Ungeduld wuchs. »Wisst Ihr nun, ob er schon angekommen ist, oder nicht?«, entfuhr es ihr.

Da endlich zeigte der Händler in Richtung der östlichen Zeltstadt, deren bunte Fahnen in etwa einer Meile Entfernung zu sehen war. »Lauf nur zu. Dort hinten kannst du ihn finden. Ich habe vorhin seinen Knappen in diese Richtung reiten sehen.«

»Danke!« Johanna wollte davoneilen. Doch jetzt hielt der Händler sie am Ärmel fest. »Hör mal! Sag dem Kerl einen Gruß von mir, wenn du ihn siehst!«

Das Mädchen versuchte sich loszumachen. »Wem? Waldemar?«

Der Händler lachte bitter auf. »Dietrich von der Rabenburg, meinte ich eigentlich. Ich wünsche dir viel Glück, mein Kind! Du wirst es brauchen.«

Dietrich von der Rabenburg! Der Rote Ritter hatte also endlich einen Namen.

Die Suche nach Hilfe

Johanna war erschöpft, als sie endlich in der Zeltstadt ankam. Aber mit jedem Meter, den sie sich ihren Weg durch das Menschengewimmel bahnte, wuchs ihr Erstaunen.

Was hatte der Kaiser nur für großartige Zelte aufbauen lassen! Wie kleine Burgen sahen sie aus, mit runden Türmen und spitzen Dächern, von denen die Fahnen wehten. Einige Spitzen waren mit Kreuzen versehen. Ob das die Zelte der Kirchenfürsten waren?

Die bunten Farben der Stoffe leuchteten in der Maisonne und darauf waren die Wappen der Edelleute genäht. Zwischen den prächtigen Zeltbauten der Herren sah man auch einige kleine, flachere Zelte, in denen wohl die Knappen schliefen. Einige Burschen hockten auf dem Boden und polierten die Rüstungen ihrer Herren.

Beim Anblick der festlichen Zelte vergaß Johanna ihre Müdigkeit. Wie gern hätte sie sich alles in Ruhe angeschaut. Aber sie war ja hier, um Hilfe zu holen!

Wohin nur mochte Waldemar geritten sein?

Sie bahnte sich ihren Weg durch die Menschenmenge und hielt nach dem Wappen des Vaters Ausschau. Sicher hatte er sein Zelt mit dem roten Adler auf weißem Grund geschmückt. Die Ritter von Felsenstein hatten dieses Bild einst gewählt, weil oben auf der Burg Adler nisteten.

Atemlos eilte Johanna durch die Zeltstadt. Sie musste ihren Vater finden! Sie musste es einfach! Egal, wie wütend er auf sie sein würde – nur er konnte ihr jetzt noch helfen.

»Johanna?!« Plötzlich hörte sie jemand ihren Namen rufen. »Was machst *du* denn hier?«

Sie blieb stehen und sah sich um. Vor einem der Rundzelte stand Waldemar, auf seine Lanze gestützt. Und jetzt erkannte sie auch das Wappen am Zelt, den roten Adler! Sie tat einen tiefen Seufzer vor Erleichterung. Es war ihr völlig egal, ob der Knappe nun ein Hanswurst war oder nicht. Endlich hatte sie ein vertrautes Gesicht vor sich!

Waldemar warf ihr einen hochnäsigen Blick zu. »Sag bloß, Hagilein ist auch hier in Mainz?«, hörte sie ihn fragen. »Wenn das Ritter Karl erfährt …«

Doch sie hatte keine Zeit, sich zu ärgern. Atemlos stürzte sie auf ihn zu. »Wo ist mein Vater?!«, rief sie.

»Im Krankenzelt«, antwortete Waldemar. »Er ist gestürzt, als sein Pferd vor einer Schlange gescheut hat.« Waldemar hob seine Lanze hoch. »Ich hab sie erlegt. Die hatte keine Chance«, sagte er. »Es war eine äußerst gefährliche …«

Johanna unterbrach ihn ungeduldig. »Ist Vater schwer verletzt?«

Waldemar schüttelte den Kopf. »Sein Fuß muss verbunden werden. Onno ist bei ihm. Aber nun sag schon, was um alles in der Welt machst du denn hier?« Plötzlich sah er Johanna voller Sorge an. Denn auch wenn sie ihn für einen Dummkopf hielt, so war er doch klug genug zu ahnen, dass etwas passiert sein musste.

Waldemars fürsorglicher Blick war zu viel für Johanna.

Sie brach in Schluchzen aus. Und dann sprudelte es aus ihr hervor, die Angst um Hagen, den sie vergiftet im Pferdestall zurückgelassen hatte … die Furcht, dass der rote Reiter ihrem Vetter Georg etwas antun könnte … all die Aufregung der letzten Stunden … dazu der Hunger, der in ihr nagte, und der brennende Durst …

Waldemar verstand kaum etwas von dem, was sie da stammelte. Aber dass sie mit ihren Kräften am

Warum haben Ritter Wappen?

Die Familienwappen dienen nicht nur der Zierde. Ohne die verschiedenen Wappen, die die Schilde, Rüstungen und die Wimpel der Lanzen schmücken, können die Ritter in der Schlacht kaum erkennen, wer Freund und wer Feind ist. Und wenn sich die großen Heere zu ihren Kreuzzügen sammeln, würde es ohne Wappen ein heilloses

Durcheinander geben. Herrscher und reiche Ritter haben einen Herold in Dienst, der alle Wappen kennt. Bei Turnieren oder in der Schlacht ist es seine Aufgabe, die Ritter zu erkennen, damit sich nicht befreundete Familien die Köpfe einschlagen.

Ende war, das verstand er gut. Er nahm seinen ledernen Wasserbeutel und gab ihr zu trinken. Dann holte er einen Apfel und ein Stück trockenen Käse aus dem Zelt.

»Setz dich«, sagte er. »Und dann erzählst du mir alles noch mal von vorne.«

Johanna griff gierig nach dem Essen, doch sie setzte sich nicht.

»Wir haben keine Zeit!«, rief sie und zwang sich zur Ruhe. »Waldemar, versteh doch, wir müssen ins Kloster der Benediktiner, sofort! Dieser Dietrich von der Rabenburg ist ein Mörder!«

Waldemars Gesicht verfinsterte sich. Er ahnte, wovon Johanna redete. Natürlich hatte auch er davon gehört, was dem Bischof passiert war. In der ganzen Zeltstadt gingen die wildesten Gerüchte um. Und der üble Ruf Dietrichs war weit bekannt. Seine Schulden hatte er oft genug mit dem Schwert bezahlt anstatt mit Geld. Manche Handwerker wagten schon gar nicht mehr, ihren Lohn bei Dietrich einzufordern.

Dieser Kerl steckte also hinter dem feigen Raubmord auf der Hochstraße? Woher um alles in der Welt wusste ausgerechnet Johanna das?

Der Knappe trat ratlos von einem Fuß auf den

anderen. »Wir müssen zum Krankenzelt gehen und mit Ritter Karl reden«, schlug er schließlich zögerlich vor.

Doch Johanna schüttelte energisch den Kopf. »Dietrich hat doch jetzt schon einen riesigen Vorsprung. Du sollst dich ja nicht mit ihm schlagen. Aber wir müssen Georg warnen – falls es nicht schon zu spät ist!«

Jetzt kam endlich Leben in Waldemar. Johanna würde schon sehen, dass ein zukünftiger Ritter keine Angst hatte!

»Dann reiten wir eben sofort los. Warte hier, ich hole mein Pferd«, sagte er. »Ich hoffe nur, dein Vater reißt mir nicht den Kopf ab.«

Schon war er hinter den Zelten verschwunden und Johanna ließ sich nun doch auf dem Gras vor dem Zelt ihres Vaters nieder. Von den Dienern war niemand zu sehen. Wahrscheinlich begleiteten sie ihren Herrn, während sich der Knappe um Ritter Karls Rüstung kümmern sollte.

Für einen Moment schloss sie vor Müdigkeit dic Augen und seufzte. Warum nur musste ihr Vater ausgerechnet jetzt verletzt sein? Ob das gut gehen konnte mit Waldemar?

Als der Knappe wieder auftauchte, hatte er nicht

nur sein Pferd, sondern auch das von Onno, dem Koch, dabei.

»Ich habe Ritter Karl eine Nachricht hinterlassen«, gab er Bescheid und half Johanna, auf das stämmige Pferd des Kochs zu steigen. Und dann machten sie sich endlich auf den Weg zurück zum Kloster.

Dietrich von der Rabenburg

Mit den Pferden dauerte es nicht lange, bis sie das Gasthaus zum Goldenen Bären erreichten. Johanna machte Waldemar ein Zeichen.

»Wir müssen nach Hagen schauen«, rief sie. »Hoffentlich geht es ihm besser.«

Sie hatte ihre Hoffnung kaum ausgesprochen, da sah sie ihren Bruder auch schon. Blass, aber offenbar munter hockte er neben dem Brunnen und trank Wasser aus dem Schöpfeimer.

Johanna und Waldemar sprangen gleichzeitig von den Pferden. »Hagen!« Überglücklich schloss das Mädchen ihren Bruder in die Arme.

Und sogar Waldemar vergaß, dass er Ritter Karls Sohn bisher für einen Nichtsnutz gehalten hatte, und reichte ihm die Hand. »Ein Glück, dass du wohlauf bist«, sagte er. »Kannst du reiten?«

Hagen nickte. Er blickte verwirrt von dem Knappen zu Johanna. »Wo kommt der denn plötzlich her?«, fragte er.

»Das erzählen wir dir unterwegs«, drängte Johanna. »Komm, steig auf!« Kurzerhand griff Waldemar Hagen um die Taille und hob ihn auf sein Pferd. Dann schwang er sich dahinter. »Entschuldigung. Aber deine Schwester hat es furchtbar eilig«, grinste er und trieb sein Pferd wieder an.

Sie kamen auf der belebten Straße nicht allzu schnell voran. Johanna brannte vor Ungeduld. Aber wenigstens konnte sie Hagen so erzählen, was passiert war.

»Der Rote Ritter ist Dietrich von der Rabenburg?! Dieser Tunichtgut«, fluchte Hagen. Genau wie Waldemar hatte er daheim auf der Burg genug von Dietrichs Schandtaten gehört, um sich die schrecklichsten Szenen vorzustellen. Was würden sie vorfinden, wenn sie das Kloster erreichten? Hatte Dietrich nicht mal eine Mühle niedergebrannt, weil ihn der Müller beim Markgraf verklagen wollte, um endlich zu seinem Geld zu kommen? Nur weil sich der Markgraf mehr um seine Weinberge als um die Gerechtigkeit im Land kümmerte, war Dietrich bisher seiner Strafe entkommen.

Das Landfriedensgesetz, das der Kaiser erlassen hatte, nützte nicht viel, wenn Männer wie Dietrich ungeschoren davonkamen. Von Rechts wegen durfte dieser Kerl nur noch Stümpfe statt Hände haben.

Wie wird Recht gesprochen?

Auch im Mittelalter gibt es Regeln, um für Recht und Ordnung zu sorgen. Bei Streitigkeiten oder Verbrechen wird der Beschuldigte einem Richter vorgeführt. Oft genügen allerdings schon Anschuldigungen und Zeugenaussagen, um jemanden zu verurteilen – Beweise müssen nicht gebracht werden. Dabei ist es üblich, einem Bauern weniger zu glauben als einem Edelmann.

1152 erlässt Friedrich Barbarossa einen sogenannten Landfrieden: Verordnungen und Gesetze, an die sich die Menschen im Land halten müssen. Die Richter bekommen nun eine Reihe von Strafen genannt, die sie bei bestimmten Verbrechen erlassen sollten.

Denn wer einen Raub beging, dem wurde die Hand abgehackt. Und hatte Dietrich den Bischof sogar erschlagen, würde er das mit dem Leben bezahlen.

Hagen erschauderte. Aber jetzt war nicht die Zeit, Angst zu haben. Johanna hatte recht, ihr Vetter Georg war in großer Gefahr. Hoffentlich kamen sie nicht zu spät! Zum Glück konnten sie den Hügel mit dem Kloster schon in der Ferne erkennen.

Als sie es schließlich erreichten, sah alles friedlich aus. Sie preschten bis zum Torhaus vor, wo jetzt ein anderer Mönch als Bertram Wache hielt, und sprangen von den Pferden.

Geistesgegenwärtig zog Hagen sich die Kapuze vom Kopf und drückte sie Johanna in die Hand. »Nimm meine Gugel«, sagte er. »Dann sieht man nicht gleich, dass du ein Mädchen bist.«

Hagens Trick funktionierte. Da Johanna aus ihrer Tunika schon fast herausgewachsen war, reichte sie ihr nur bis zu den Waden. So ähnelte sie dem kürzeren Gewand, wie es die Jungen trugen. Und unter der Kapuzenmütze waren ihre langen Locken nicht zu erkennen.

»Lasst mich mit dem Mönch sprechen«, sagte Waldemar. »Er wird einem Knappen eher glauben als zwei Kindern.«

In Hagen flackerte für eine Sekunde Unmut auf. Wollte sich Waldemar wieder einmal wichtigmachen?

Doch Waldemars Miene zeigte keine Spur von Hochmut. Und er hatte ja recht. Sie konnten sich jetzt kein langes Hin und Her leisten.

»Bruder, hört zu«, sagte Waldemar eindringlich und plötzlich klang er wirklich fast wie ein Erwachsener. »Habt Ihr einem Reiter mit rotem Umhang Einlass gewährt?« Und ohne eine Antwort abzuwarten, fuhr er eilig fort: »Das war Dietrich von der Rabenburg. Er hat den Bischof ausgeraubt! Ihr müsst uns hineinlassen, bitte!«

»Gütiger Gott, der edle Herr war Dietrich von der Rabenburg?« Der Mönch machte genauso ein entsetztes Gesicht wie Hagen eine Stunde zuvor.

»Wisst Ihr, wo er jetzt ist?«, hakte Johanna nach.

Der Mönch spähte besorgt zum Klosterhof, während er sich beeilte, das Tor zu öffnen.

»Er sagte, er müsse dringend den Abt sprechen, weil der etwas Wichtiges verwahren würde«, jammerte er. »Ich glaubte, es ginge um den Ablauf des morgigen Tags. Der Hoftag beginnt doch morgen, mit der Festkrönung des Kaisers und der Kaiserin. Und der Abt wird dabei ...«

Waldemar unterbrach den Mönch. »Heißt das, Dietrich ist jetzt beim Abt?«

Der Mönch zuckte die Achseln. »Ich nehme es an.«

Hagen packte Waldemar an der Schulter. Er hatte sich am Abend zuvor gemerkt, wo das Haus des Abtes lag. »Schnell!«, rief er. »Hier lang!«

»Aber …« Der Mönch rang die Hände.

Doch die drei hörten ihn schon nicht mehr. An der Bäckerei, dem Brauhaus und dem Badhaus vorbei eilten sie auf den Palast des Abtes zu.

Doch auf halbem Weg hielt Hagen plötzlich an. »Wartet«, sagte er außer Atem. »Sollten wir wirklich einfach so losstürmen, ohne einen Plan? Was können wir denn ausrichten gegen einen wie Dietrich, der mit Schwert und Dolch bewaffnet ist?«

Waldemar verzog das Gesicht. Er hatte doch gewusst, dass Hagen ein Feigling war. Aber Johanna nickte.

»Stimmt«, sagte sie. »Bevor man handelt, sollte man denken. Das hat Vater oft genug gesagt.«

»In der Schlacht muss man manchmal handeln, ohne lange zu denken«, gab Waldemar zurück.

»Ja, aber dies hier ist keine Schlacht!« Hagen stampfte mit dem Fuß auf.

Johanna verdrehte die Augen. »Wollt ihr jetzt streiten?«, stöhnte sie.

»Nein«, sagte Waldemar mit fester Stimme. »Hagen hat ja recht. Wie wäre es, wenn wir uns aufteilen?« Er zeigte zur Novizenanstalt hinüber. »Du, Johanna, versuchst Georg zu finden. Er kennt sich als Einziger von uns im Kloster wirklich aus.« Er wandte sich Hagen zu. »Und du holst inzwischen den Sack mit dem Geld. Vielleicht brauchen wir ihn ja, um Schlimmeres abzuwenden.«

»Und was tust du?«, gab Hagen prompt zurück.

»Ich schau mich im Haus des Abtes um. Wer weiß, ob Dietrich dort wirklich ist.«

»Na gut … So machen wir es.« Hagen fiel es nicht leicht, sich Waldemars Plan zu beugen. Aber es gelang ihm, vernünftig zu bleiben und keine Diskussion anzuzetteln. »Aber wir müssen ein Zeichen abmachen, wenn Gefahr droht«, sagte er. Na, immerhin hatte er auch etwas beizusteuern!

»Das Heulen des Wolfes«, meinte Johanna. »Was anderes kann ich nicht.«

»Hier im Kloster?« Hagen runzelte die Stirn.

Doch Waldemar nickte. »Egal! Lasst uns keine Zeit verlieren.« Er legte die Hand an den Dolch, der ihm im Gürtel steckte, und schaute grimmig.

Und obwohl die Lage bitterernst war, musste Johanna fast lachen. Vaters Knappe machte ein Gesicht wie ein alter Kreuzritter auf dem Weg ins Heilige Land. Hoffentlich übertrieb er es nicht mit seinem Eifer …

»Sei bloß vorsichtig, Waldemar!«, bat Johanna den Knappen mit Nachdruck. Dann trennten sich die drei.

List und Lügen

Niemand war bei den Stallungen, als Hagen niederkniete, um den Geldbeutel wieder auszugraben. Unbemerkt konnte er den Schatz bergen und die Erde von dem Lederbeutel klopfen. Er öffnete den Geldsack und strich mit den Fingern durch die Goldmünzen und Brakteaten aus dünnem Silberblech. Dann zurrte er das Lederband wieder zu. Für einen Moment ruhte sein Blick auf dem verwitterten Wappen, den beiden gekreuzten Schwertern. Das Wappen derer von der Rabenburg.

Doch plötzlich stutzte Hagen. Sie hatten sich geirrt! Das waren gar nicht die gekreuzten Schwerter des Wappens der Rabenburger. Es war das Bischofskreuz. Hagen seufzte schwer. Ja, dieser Dietrich hatte den armen Bischof überfallen. Da gab es nicht mehr den geringsten Zweifel. Mit dem schweren Geldbeutel unter dem Arm machte Hagen sich auf den Weg zurück zum Klosterhof.

Johanna hatte sich inzwischen mit einer Lüge in der Novizenanstalt Eintritt verschafft. »Ich bin

Hagen von Felsenstein«, stammelte sie, als sie von einem Mönch angesprochen wurde. »Im nächsten Monat werde ich als Novize aufgenommen und jetzt soll ich meinem Vetter Georg etwas von seinem Vater ausrichten.«

»Du kannst ihn jetzt nicht sprechen, Sohn. Er ist im Unterricht.« Der Mönch sprach mit strenger Stimme. Aber immerhin hatte er ihre Verkleidung nicht durchschaut. »Der Novizenmeister lässt keine Störung zu.«

»Es ist aber äußerst wichtig!« So schnell gab Johanna nicht auf.

»So? Was kann wohl wichtiger sein, als die Heilige Schrift zu studieren?« Der Mönch sah sie unwillig an und Johanna senkte schnell den Kopf, sodass er ihr Gesicht nicht erkennen konnte. Außerdem fiel es ihr so leichter zu lügen. Gott mochte ihr verzeihen, dass sie in ihrer Not einfach die Worte des Mönches vom Torhaus wiederholte.

»Es geht um den Ablauf des morgigen Tages«, haspelte sie los. »Der Hoftag beginnt doch morgen mit der Festkrönung des Kaisers und der Kaiserin. Und der Abt wird … er wird in der Prozession dabei sein … und der Vater von Georg, der edle Ritter Kunibert, er soll doch für den Abt den Palmwedel tragen … und der Abt will, dass Georg seinem Vater hilft … Aber dafür muss Georg doch die Nachricht vom Bischof bekommen. Und deshalb muss ich mit ihm zusammen sofort zum Abt, weil die Audienz doch noch heute stattfindet!«

Johanna brach der Schweiß aus, bei all dem Unsinn, den sie sich da zusammenreimte. Aber das wirre Zeug schien den Mönch zu beeindrucken. Angesichts des großen Hoftags wollte niemand einen Fehler machen. So wie Kaiser Friedrich vom Wohlwollen der Kirche und der mächtigen Kirchenfürsten abhängig war, mussten sich auch umgekehrt die Bischöfe und Äbte die Gunst des Kaisers sichern.

»Ja, also … wenn das so ist …« Er überlegte. »Ich könnte mit dem Novizenmeister reden. Vielleicht lässt der deinen Vetter zusammen mit seinem Lehrmönch heraus.«

Johanna runzelte die Stirn. Sein Lehrmönch? War das der Mönch, von dem Georg einmal erzählt hatte, dass dieser Mensch ihn sogar ins Badhaus und beim Verrichten der Notdurft begleitete? »Die kleben wie Pech an uns Novizen«, hatte Georg geklagt.

»Ich gehe in den Schulraum und bespreche die Angelegenheit. Du kannst draußen warten«, sagte der Mönch.

Johanna lief hinaus und suchte das Fenster, hinter dem sie die Schule vermutete. Es gelang ihr, einen Blick in den Raum zu werfen.

Sie konnte ein paar Jungen erkennen, einige kaum älter als sechs Jahre, die auf niedrigen Schemeln hockten.

Daneben saßen Mönche, von denen einige wirkten, als würden sie gleich einschlafen. An der Schmalseite des Raums befand sich ein hoher Stuhl. Darauf saß ein streng aussehender älterer Mönch mit einem Buch auf dem Schoß. Ob das der Novizenmeister war?

Sehr fröhlich schien es dort nicht zuzugehen. Johanna verstand nicht, warum Hagen unbedingt in eine Klosterschule wollte, um Lesen und Schreiben zu lernen. Seitdem er einmal bei einem Besuch des Klosters Hartenau die dortige Bibliothek sehen durfte, war er fasziniert von Büchern. Er schwärmte davon, Latein zu lernen und die Schriften von Cicero und Vergil zu lesen. Und die Benediktiner sollten ja eine noch reichere Bibliothek haben als das Hartenauer Kloster. Hagen hatte ihr erzählt, dass die Mönche viele Jahre an so einem Buch schrieben und dass es mehr wert war als ein Sack Gold.

Johanna hörte Schritte. Da kam Georg an der

Wer geht im Kloster zur Schule?

Die Klöster sind die wichtigsten Orte für Bildung und Wissenschaft. Hier gibt es Bücher, die vor der Erfindung des Buchdrucks etwas sehr Kostbares sind. Wer Lesen, Schreiben, Mathematik, Latein oder Astronomie lernen will, tut das in einer Domschule oder in einem Kloster. In der *inneren Schule* werden die Novizen, also die späteren Mönche, unterrichtet. Die *äußere Schule* ist für die sogenannten Externen zuständig: die Söhne der Adligen und reiche Bürgersöhne. Oft kommen die Kinder schon mit fünf, sechs Jahren als Novizen ins Kloster. Sie können sich dann zwar später entscheiden, ob sie wirklich Mönch oder Nonne werden wollen. Aber meistens bleibt ihnen nicht viel anderes übrig, denn ihre Familien sind froh, dass für sie ein Platz im Leben gefunden wurde.

Seite eines Mönches, der so dick war, dass er fast so breit wie hoch war. Das musste Georgs Lehrmönch sein.

Was sollte sie nur zu Georg sagen? Wie schaffte sie es, dass er sie nicht aus Versehen verriet?

Egal, sie musste es probieren.

Und so ging Johanna auf Georg zu und sprach ihn an. »Gott mit dir, Georg«, sagte sie und linste unter ihrer Kapuzenmütze hervor. »Ich bin's, dein Vetter Hagen.« Sie sah ihn flehentlich an. »Wir müssen sofort zum Palast des Abtes. Du musst uns helfen.« Für einen kurzen Moment schob sie sich zwischen Georg und seinen Lehrmönch. So leise wie möglich raunte sie ihrem Vetter ins Ohr: »Schnell! Es geht um Leben und Tod!«

Georg machte ein ratloses Gesicht. Warum gab Johanna sich als Hagen aus? In ihren Augen konnte er lesen, dass er sie nicht verraten durfte. Sie schien einen geheimen Plan zu verfolgen – einen Plan, in dem er eine wichtige Rolle spielen sollte!

Und so ließ er sich gegen alle Ordensregeln von ihr mitziehen. Im Laufen drehte er sich zu seinem Lehrmönch um. »Verzeihung, Bruder Josephus«, rief er ihm zu. »Es scheint eine eilige Sache zu sein …«

Der dicke Bruder Josephus watschelte mehr, als

dass er lief. Natürlich konnte er mit dem Tempo der beiden jungen Leute nicht Schritt halten.

»Geduld, Geduld«, schnaufte er und dann verfiel er in eine gemütlichere Gangart. Bei der Brauerei gab er es auf, den beiden zu folgen.

Während Johanna und Georg durch die Klosteranlage eilten, berichtete Johanna, so gut es ging, was im Laufe des Tages passiert war. Als sie beim Badhaus um die Ecke bogen und somit außer Sichtweite von Josephus waren, tauchte auch Hagen auf, in den Händen den schweren Lederbeutel.

Wenige Sekunden später standen die drei vor dem mehrstöckigen Palast des Abtes und schauten zu den Fenstern aus kostbarem Glas hoch. Hinter welchem mochte der Abt wohl sein?

Und dann überstürzten sich die Ereignisse.

In der Falle

Zunächst schien im Palast alles friedlich zu sein. Der Zellerar und der Bursar, die beiden Mönche, die für die Wirtschaft und das Vermögen des Klosters verantwortlich waren, gingen tief ins Gespräch vertieft den Flur entlang.

Sie kümmerten sich nicht um den Novizen und seine jungen Begleiter, die sie für Klosterschüler hielten. Wahrscheinlich sprachen sie darüber, ob sich die vielen vornehmen Gäste, die wegen des Festes im Kloster übernachteten, wohl erkenntlich zeigen würden.

Das, was die Edelleute dem Kloster an Grundstücken und Geld schenkten, war eine wichtige Ein-

Wer macht was im Kloster?

Normalerweise leben ungefähr 50 bis 80 Mönche oder Nonnen in einem Kloster. An der Spitze steht der *Abt* oder die *Äbtissin*, unterstützt von zwei *Prioren*.

Neben dem Studium der Bibel und dem handschriftlichen Kopieren von Büchern finden sich noch vielerlei andere Aufgaben und Berufe: Der *Novizenmeister* und die *Lehrmönche* kümmern sich um die *Novizen*, der *Vestarius* ist für Kleidung und Bettzeug verantwortlich, der *Camerarius* hat die Aufsicht über Küche und Brauerei, der *Zellerar* teilt sich die wirtschaftliche Leitung mit dem *Bursar*, der für die Finanzen zuständig ist. Der *Sacratarius* kümmert sich um die Ausstattung der Kirche, der *Infirmarius* um das Krankenhaus. Für das Haar- und Bartschneiden, aber auch für den damals üblichen Aderlass ist der *Tonsor* zuständig. Außerdem gibt es den *Bibliothekar*, den *Hospitarius*, der das Pilgerhaus leitet, einen *Alomoniarius* genannten Armenpfleger sowie einen Koch und einen Pförtner.

Diejenigen, die die schwere Arbeit auf den Feldern und in den Werkstätten erledigen, sind oft nur sogenannte Laienbrüder oder Halbmönche. Für sie gelten nicht so strenge Ordensregeln wie für die richtigen Mönche.

nahme für den Mönchsorden. Und die Ausstattung an kostbaren Wandteppichen und silbernen Kerzenhaltern im Palast zeugte davon, dass der Abt viele Gönner hatte.

»Wo bleibt Waldemar denn nur?«, fragte Johanna leise.

Hagen deutete auf eine mit Schnitzwerk verzierte Tür und legte den Zeigefinger an die Lippen. »Pssst!«, raunte er. »Ich glaube, ich habe etwas gehört.«

Die drei hielten den Atem an, um zu lauschen. Ja, Hagen hatte recht. Im Amtszimmer des Abtes schien jemand zu sprechen.

»Ich weiß es wirklich nicht! Ich habe keine Ahnung, wovon Ihr redet«, hörten sie eine Stimme sagen. Eine ziemlich verzweifelte Stimme.

»Ihr Mönche seid doch groß im Lügen und Stehlen. Woher kommt denn all die Pracht hier? Etwa von Gott höchst persönlich?« Das war die Stimme des roten Reiters! »Aber Ihr werdet noch um Gnade flehen. Ich will mein Geld zurück, sonst geht es Euch an den Kragen!«

»Lasst mich! Lasst mich los …« Die Worte des Abts waren kaum noch zu verstehen. Er schien in äußerster Not zu sein.

Entsetzt sah Hagen seine Schwester und seinen Vetter an. Wo blieb Waldemar denn nur?

Und dann erklang ein Röcheln hinter der Holztür, das Hagen das Blut in den Adern gefrieren ließ. Er konnte nicht mehr auf den Knappen warten! Ohne nachzudenken, riss er die schwere Tür auf.

»Hagen!«, schrie Johanna voller Angst. Georg wollte ihn am Ärmel seiner Tunika festhalten. Doch Hagen stand schon auf der Schwelle zum Zimmer des Abtes. Er hatte keinen Blick für die kunstvollen Teppiche, die den Steinboden und die Wände bedeckten. Er sah nur Dietrich, wie er den Abt am Hals gepackt hatte und ihn würgte und schüttelte. Die weit aufgerissenen Augen des alten Mannes quollen hervor.

Dietrich hielt überrascht inne und warf den Kopf herum. Aus stahlblauen Augen starrte er den Jungen an. Eine endlose Sekunde lang schien die Welt stillzustehen. Dann handelte Hagen, ohne selbst recht zu wissen, was er tat.

War es wirklich er, der schwächliche, dünne Hagen, der plötzlich in wütender Verzweiflung auf den fremden Ritter zustürzte? Der »Mörder!« schrie und den schweren Beutel schwang?

Mit aller Kraft versuchte er, dem Ritter den Beutel

gegen den Kopf zu schleudern. Doch Dietrich wich in letzter Sekunde aus. Er ließ den Abt los und sprang hinter den Eichentisch, um in Deckung zu gehen. Noch im Sprung zog er seinen Dolch.

Hagen sah das Blitzen des Metalls und einen Wimpernschlag lang war er wie gelähmt. Wieder schrie Johanna auf.

Wie einen Schutzschild hob Hagen den Lederbeutel empor – und wurde im selben Moment von der Türschwelle weggerissen. Georg hatte ihn keine Sekunde zu spät gepackt. Der Dolch sirrte durch die Luft und blieb im hölzernen Türrahmen stecken.

»Da ist ja der Beutel!« Dietrich von der Rabenburg brüllte los. Er schwang sich über den Tisch, um sich auf Hagen zu werfen. Doch er stieß mit dem Abt zusammen, taumelte und stürzte zu Boden.

»Los! Weg!«, schrie Johanna.

Georg handelte sofort. »Mir nach!«, rief er und riss Hagen und Johanna mit sich den Flur hinunter.

In wilder Flucht jagten sie über den Gang, direkt auf den Bursar und den Zellerar zu, die ihnen erstaunt entgegensahen.

»Der Abt!«, rief Georg, während sie bereits weiterstürmten. »Er braucht Hilfe!«

Die beiden Mönche verstanden nicht, was los war.

Aber ohne die beiden hätten es die Kinder nie im Leben geschafft, dem wütenden Ritter zu entkommen. Die Mönche versperrten Dietrich unfreiwillig den Weg, als sie auf das Zimmer ihres Abts zuhasteten. Es dauerte immerhin ein paar Sekunden, bis er an ihnen vorbei war.

»Zur Schule«, keuchte Georg und zerrte Hagen und Johanna über den Klosterhof, am Badhaus vorbei und auf das Novizenhaus zu. Er hatte keinen Plan, aber das Schulhaus schien ihm der sicherste Ort auf Erden zu sein.

Bevor Dietrich sie entdecken konnte, hatten sie den auf halber Strecke liegenden Brunnen erreicht. Mit klopfenden Herzen kauerten sie sich hinter das Mauerwerk.

»Er wird uns finden …«, keuchte Johanna.

Hagen sah sich verzweifelt um. Wo um Himmels willen konnten sie sich verstecken?

Sein Blick fiel auf ein winziges Steinhaus, das an die Seite des Novizenhauses gemauert war.

»Was ist das?«, fragte er den Novizen.

»Die Arrestzelle«, antwortete Georg atemlos. »Dort werden unbeugsame Schüler eingesperrt.«

Hagen musterte das schmale Fenster an der Seite der Zelle. Besonders ausbruchssicher wirkte das nicht. Ein kleinerer Novize würde da sicher durchpassen.

In diesem Moment sah er Dietrich, der auf dem Klosterhof stand und wie ein Raubtier unruhig in alle Richtungen witterte.

Plötzlich hatte Hagen eine Idee! Er würde den Roten Ritter wie einen Fuchs in die Falle locken!

Er hatte ja etwas, womit er den Räuber ködern konnte. Und dieses Mal sollte es endlich mal von Vorteil sein, dass er so schmächtig war!

»Ich laufe hinüber zur Zelle«, sagte er und nahm den Lederbeutel vom Boden auf. Dann sah er Johanna an. »Du musst ihm in die Quere kommen, damit ich ein paar Sekunden Zeit habe, aus dem Fenster zu klettern, verstehst du? Und wenn er drinnen ist, müsst ihr sofort hinterher und zusperren, klar?«

Johanna nickte.

Zum Glück hatte sie keine Zeit, Angst um ihren Bruder zu haben.

Georg packte sie am Arm. »Hagen …«, raunte er warnend. Sein Blick ging zu Dietrich hinüber, der mit langsamen Schritten näher kam. Er schien zu ahnen, wo sich die Kinder versteckten.

»Jetzt«, flüsterte Hagen. Er richtete sich hinter dem Brunnen auf, tat so, als würde er vor Dietrich erschrecken und rannte mit dem Geldbeutel in der Hand los. Wie ein Hase schlug er Haken. Mit großen Sätzen sprang er auf die Tür der Arrestzelle zu.

Und der Rote Ritter reagierte genauso, wie Hagen es geplant hatte! »Na, warte, Bursche!«, schrie er und rannte hinter Hagen her.

Doch da startete Johanna durch. Unerschrocken sauste sie auf den Ritter zu und versperrte ihm den Weg. Dietrich holte aus und gab ihr einen Stoß. Doch das Mädchen hielt sich an dem Umhang des Ritters fest. Wie ein Greifvogel hatte sie den roten Stoff in den Händen und ließ nicht locker.

»Verdammt!« Dietrich versuchte sie abzuschütteln.

Aber tapfer klammerte sich Johanna fest – bis sie sah, dass ihr Bruder in der Arrestzelle verschwunden war. Dann ließ sie los und der Ritter hetzte auf das Steinhäuschen zu.

Wie verabredet folgte Johanna ihm und auch Georg setzte ihm nach. Kaum war Dietrich durch den Eingang hindurch, schlugen die beiden auch schon die Tür hinter ihm zu und schoben den eisernen Riegel vor. Der rote Reiter war in der Falle. Johannas Herz klopfte wie wild. Ob Hagen es rechtzeitig zum Fenster hinaus geschafft hatte?

Geschafft!

Es dauerte keine zehn Sekunden, da stand Hagen neben ihnen. Er strahlte über das ganze Gesicht.

»Wir haben ihn!«, jubelte er. Doch im selben Moment erschrak er.

In der Arrestzelle fing der Ritter, der seinen Fehler erkannt hatte, an zu brüllen. »Lasst mich raus!«, schrie er. Und dann erzitterte die Holztür.

»Er wirft sich gegen die Tür«, flüsterte Johanna entsetzt.

»Wenn er freikommt, macht er uns zu Kleinholz.« Georg war weiß wie Kreide vor Aufregung. Er sah sich um und schluckte. »O nein, auch noch Bruder Josephus …«

Georgs dicker Lehrmönch watschelte mit hochrotem Kopf auf die drei zu. »Wo hast du denn gesteckt? Und was ist drüben beim Abt los?«

Georg zeigt auf die Tür. »Dietrich von der Rabenburg! Er ist da … da drinnen!«, stotterte er.

Johanna sprang ihm bei. »Er will ausbrechen! Ihr müsst uns helfen! Schnell!«

Jetzt wurde auch der Mönch blass. »Dietrich von der Rabenburg? Was macht er denn da?«

Hagen drückte sich mit dem Rücken gegen die Tür, die unter den Schlägen des Roten Ritters erbebte. Wie lange würde das Holz standhalten? »Bruder Josephus, stemmt euch dagegen, bitte!«

Doch der Mönch bewegte sich keinen Zentimeter. Er war ein beschauliches Klosterdasein gewohnt und nicht solche verwirrenden Geschichten. Tatenlos sah er zu, wie sich die drei vermeintlichen Jünglinge gegen die Holztür stemmten.

Drei, vier andere Mönche eilten herbei. Doch auch sie machten nur ratlose Gesichter und rangen die Hände. Schließlich lag ihre Kraft im Gebet und nicht darin, gefährliche Ritter festzusetzen.

Da hatte Johanna den rettenden Gedanken.

Waldemar! Irgendwo musste doch Waldemar stecken!

Sie reckte den Kopf und fing an zu heulen wie ein verwundeter Wolf. Die beiden Jungen zögerten nur einen Moment. Dann hatten sie begriffen und stimmten in das Gejaule ein. Es war ein entsetzlicher Lärm, der das Gebrüll Dietrichs in der Zelle und seine polternden Schläge gegen das Holz bei Weitem übertraf.

Doch es half. Um die Ecke des Badhauses kam Waldemar herbeigeeilt.

»Hier seid ihr!«, rief er. Auch er verstand nicht genau, was eigentlich los war. Aber anders als die Mönche handelte er sofort. Er stemmte sich neben die Kinder gegen die bebende Tür.

»Was ist mit dir, Waldemar?«, fragte Johann ihn atemlos. »Du blutest ja!« Angstvoll schaute sie dem Knappen ins Gesicht. An Waldemars Schläfe klebte Blut und seine Tunika war nass.

Warum brauen Mönche Bier?

Niemand im Mittelalter kennt sich so gut mit dem Bierbrauen aus wie die Mönche. Viele Klöster besitzen eigene große Brauereien. Ein Grund für das Interesse der Mönche am Bier liegt im Fastengebot während der Fastenzeit. Denn weil in dieser Zeit zwar nichts gegessen, wohl aber getrunken werden darf, versucht man besonders nahrhaftes Bier zu brauen.

Auch die berühmte Nonne Hildegard von Bingen, die zur Zeit Barbarossas lebt, empfiehlt Bier zur Stärkung und als Heilmittel gegen Schwermut. Sie schreibt: »Das Bier aber macht das Fleisch des Menschen fett und gibt seinem Antlitz eine schöne Farbe durch die Kraft und den guten Saft des Getreides …« Noch heute kann man an Biermarken wie *Klosterbräu* erkennen, wo sie ihren Ursprung haben.

»Dietrich hat mich niedergeschlagen«, antwortete der Knappe hastig. »Als ich dem Abt zu Hilfe kommen wollte. Der Bursar hat mich mit einem Eimer Wasser wiederbelebt.«

Waldemar versuchte ein Grinsen, das aber recht schief aussah, weil ihm der Kopf so weh tat. »Sagt bloß, ihr habt Dietrich hier eingesperrt?«, fragte er.

»Klar«, lachte Hagen. »Das war ein Kinderspiel.«

Johanna stöhnte auf. »Nun gib nicht so an. Dietrich ist gleich wieder frei, wenn wir keine Hilfe kriegen!«

»Aber wie?« Waldemar schaute sich auf dem Klosterhof um. In diesem Moment rumpelte ein Karren vor das Tor der Brauerei und ein paar Mönche rollten Bierfässer heran. Da kam Hagen ein Gedanke. »Schnell, holt die Fässer herbei!«, rief er den Mönchen zu. »So viele wie möglich. Aber beeilt euch bitte, in Gottes Namen!«

Auf diese Anweisung reagierten die Mönche endlich. Angeführt von Josephus liefen sie zum Tor der Brauerei hinüber, um kurz darauf schnaufend mit vollen Fässern wiederzukommen.

Es war Hilfe in letzter Sekunde. Als Waldemar, Georg, Hagen und Johanna mit vereinten Kräften die schweren Fässer vor der Zellentür stapelten, hatte Dietrich es schon beinahe geschafft auszubrechen.

Immer mehr Fässer rollten die Mönche herbei – der Rote Ritter hatte keine Chance mehr.

Erschöpft ließen sich die vier auf dem Boden nieder. Mit dem Rücken gegen die Fässer gelehnt, saßen sie da und atmeten tief durch.

»Nun erzähl schon, was dir passiert ist.« Johanna stieß den Knappen mit dem Ellenbogen an.

Doch Waldemar war mindestens genauso neugierig. »Erst will ich wissen, wie ihr es geschafft habt, Dietrich hier einzusperren«, antwortete er.

Doch noch ehe jemand etwas sagen konnte, gab es schon wieder Wirbel. Ritter Karl kam auf den Klosterhof geprescht! Ohne auf seinen verletzten Fuß Rücksicht zu nehmen, sprang er vom Pferd. »Hagen! Johanna!«, rief er. »Was zum Teufel hat das alles zu bedeuten?«

Die Zwillinge eilten auf ihn zu. Unendlich erleichtert waren sie, ihren Vater zu sehen. Die Freude darüber ließ keine Angst vor dem Donnerwetter aufkommen, das sie noch erwarten würde. Jetzt endlich waren sie in Sicherheit! Das Abenteuer war überstanden.

Ein großer Wunsch

Eine halbe Stunde später saßen sie alle im Esszimmer des Abtes und stärkten sich mit Rotwein, Fleisch, Brot und Käse. Ein Bote war losgeritten, um dem Kirchenvogt, der für Dietrichs Bestrafung zuständig war, Bescheid zu geben. Der Vogt würde das Blutgericht einberufen, vor dem Schwerverbrechen wie Mord und Raub verhandelt wurden. Dass der Ritter auf dem Galgenberg in der Nähe des Klosters enden würde, daran zweifelte niemand. Vermutlich würde der Vogt warten, bis der Hoftag in Mainz vorbei war. Dann hätten die Menschen wieder Zeit und Muße, sich das Aufhängen Dietrichs anzuschauen. Und der Vogt konnte allen zeigen, dass er in der Grafschaft für Sicherheit sorgte. Falls Dietrich seine Verbrechen nicht von selbst gestehen sollte, würde man ihn schon dazu bringen. Dafür sah das Gesetz die »peinliche Befragung« vor – man sagte auch Folter dazu, und das konnte sehr, sehr schmerzhaft sein.

Doch Hagen und Johanna verschwendeten keinen

Gedanken daran, was mit Dietrich passieren würde. In der Abgeschiedenheit von Burg Felsenstein hatten sie solche grausigen Schauspiele wie das öffentliche Aufknüpfen am Galgen noch nicht erlebt.

Die Zwillinge mussten die ganze Geschichte von Anfang an erzählen. Ihren Ausflug zur Hochstraße, den Fund des Geldbeutels, die Begegnung mit Dietrich in der Schenke. Dann berichtete Johanna von der Suche nach Waldemar in der Zeltstadt. Und Waldemar erzählte, wie er gerade in dem Moment im Zimmer des Abts auftauchte, als der Ritter den ehrwürdigen Mönch bedrohte.

»Er hat tapfer gegen Dietrich gekämpft«, sagte der Abt zu Hagen und Johanna. »Aber er hatte keine Chance gegen den Ritter. Als ihr zur Tür hereingeplatzt seid, lag er bereits ohnmächtig hinter meinem Schreibtisch.«

»Wenn du Dietrich nicht aufgehalten hättest, wären wir wohl zu spät gekommen«, meinte Hagen.

Waldemar klopfte ihm auf die Schulter. »Wenn du nicht so mutig gewesen wärst, hätte es schlimm für den Abt ausgesehen«, sagte der Knappe.

Der Abt lächelte. »Und wenn unser Georg nicht schon Bekanntschaft mit der Arrestzelle gemacht hätte, wäre Dietrich wohl längst über alle Berge.«

Jetzt musste auch Hagen lachen. »Ja, und wenn Johanna nicht so neugierig gewesen wäre, dann hätte niemand erfahren, wer den Bischof erschlagen hat.«

Ritter Karl machte ein strenges Gesicht. »Nun«, sagte er. »Über euren Ausflug müssen wir allerdings noch reden. Ich werde …«

»… sicherlich Gnade vor Recht ergehen lassen«, unterbrach ihn der Abt. »Ich denke, anlässlich des großen Festes, das morgen beginnt, ist ein bisschen Milde angebracht.«

»Ich werde …«, fuhr Ritter Karl fort, »… mir etwas ausdenken, wenn wir alle vom Fest zurück sind.«

Hagen und Johanna machten große Augen. »Wir alle?«, rief Johanna. »Heißt das, wir dürfen mit nach Mainz und bei der Schwertleite zuschauen?«

»Ich werde sehen, was ich machen kann«, antwortete ihr Vater. »Bei den Turnieren dürft ihr auf jeden Fall zuschauen. Ihr habt Mut und Klugheit bewiesen, meine Kinder. Mehr, als ich euch zugetraut hätte.« Ritter Karl ließ seinen Blick auf Hagen ruhen. »Ich will euch gerne einen Wunsch erfüllen.«

Hagen seufzte. Er sah von Ritter Karl zum Abt und vom Abt wieder zu Ritter Karl. »Ich freue mich auf die Turniere, Vater«, sagte er. »Wirklich. Aber ich habe einen noch viel größeren Wunsch.«

Ritter Karl räusperte sich. »Nun, mein Sohn«, sagte er. »Die Ausbildung zum Ritter beginnt normalerweise …«

Da platzte Johanna dazwischen. »Er will hierbleiben, Vater! Er will Lesen und Schreiben lernen.« Sie sah zu ihrem Bruder hinüber. »Das ist es doch, was du willst. Hab ich recht, Hagen?«

Hagen schluckte. Ja, wie schon so oft hatte Johanna seine Gedanken erraten. Wie gerne würde er hier im Kloster bleiben und zusammen mit Georg all das Wissen entdecken, das die Mönche in diesen Mauern verbargen.

Er sah seinen Vater bittend an. Und Ritter Karl zögerte nur einen kurzen Moment, bis er nickte.

Der Abt legte Hagen den Arm um die Schulter. »Uns bist du sehr willkommen, mein Junge.«

Hagen strahlte. Doch Johanna wurde das Herz schwer, obwohl sie sich für ihren Bruder freute.

Diesmal wusste Hagen, was in seiner Schwester vorging. Er stupste sie mit dem Ellenbogen an. »Du bleibst ja nicht allein auf der Burg zurück, Johanna«, sagte er und zwinkerte ihr zu. »Waldemar ist doch eigentlich gar nicht so ein Hanswurst, wie wir gedacht haben, oder?«

Waldemar lachte unbekümmert. Und jetzt wur-

Was machen Ritter beim Turnier?

Die Ritterturniere haben eigentlich einen militärischen Ursprung. In Friedenszeiten sind sie eine willkommene Abwechslung im sonst oft eintönigen Alltag. Es gibt dabei Musik, Gesang und Märkte, aber vor allem natürlich die Ritterkämpfe. Am beliebtesten ist der *Tjost*, ein Zweikampf, bei dem die Ritter mit ihren Pferden im Galopp aufeinander zustürmen, um sich gegenseitig mit der Lanze aus dem Sattel zu heben. Für die Zuschauer ist das so spannend wie heute ein Elfmeterschießen bei

der Fußballweltmeisterschaft. Chaotischer geht es beim *Buhurt* zu. Da kämpfen große Mannschaften gegeneinander, was oft in einem richtigen Kampfgetümmel endet. Es gibt aber auch harmlose Wettbewerbe wie das *Ringstechen,* bei dem die Lanze vom Pferd aus durch einen Ring getrieben werden muss.

de Johanna rot. Ja, Vaters Knappe war kein so übler Bursche.

Waldemar stand auf und machte eine kleine Verbeugung vor Johanna und grinste. »Edles Fräulein, darf ich Euch zum Hoffest des Kaisers, Friedrichs des Zweiten, Barbarossa, geleiten? Meiner Minne sollet Ihr auf ewig sicher sein, so wahr ich Waldemar von Waldenburg heiße.«

Nun lachte auch Johanna. Liebesschwüre von Waldemar – das hätte sie sich vor ein paar Tagen ganz sicher nicht angehört. Womöglich entwickelte sich Waldemar noch zum Minnesänger und sang ihr zum Klang der Laute von Liebe und Treue bis in den Tod. Da konnte er sich ja gleich morgen auf dem Fest neben den berühmten Friedrich von Hausen stellen, der für die Kaiserfamilie dichtete.

Kichernd schaute sie an ihrer schmutzigen Tunika herunter, in der sogar noch ein paar Halme Stroh aus dem Pferdestall hingen. Sie strich sich die zerzausten Haare aus dem Gesicht.

»Nun«, sagte sie, »vielleicht kann ich mich ja noch ein wenig herausputzen. Und dann geht es endlich nach Mainz! Zum größten Ritterfest aller Zeiten!«

Hagen hob sein Glas. »Hurra, auf nach Mainz! Und wir sind tatsächlich dabei!«

HELDEN GESUCHT
Werde ein
LEGOLAND® Held!
Egal, ob du Rennfahrer, Ritter, Pirat oder Burgfräulein sein möchtest, im LEGOLAND® Deutschland kannst du in die Rolle deiner Helden schlüpfen. Bestehe mit Käpt'n Nick aufregende Piratenabenteuer, bezwinge den gefürchteten Feuerdrachen und entdecke die acht LEGOLAND Abenteuerwelten mit über 50 Attraktionen!
Bist du mutig genug für die großen Abenteuer im LEGOLAND?
NEU ab Juni 2008
LEGOLAND FERIENDORF
LEGO
LEGOLAND
DEUTSCHLAND
20 % Rabatt
auf LEGOLAND® 1- oder 2-Tageskarten!
So einfach geht's:
• Original-Gutschein unaufgefordert beim Erwerb der Eintrittskarten an den LEGOLAND® Kassen in Günzburg abgeben.
• Gültig für max. 4 Personen.
• Nicht kombinierbar mit anderen Aktionsvorteilen oder Feriendorf-Pauschalen; keine Rückerstattung / Barauszahlung; Weiterverkauf nicht gestattet.
• Gültig im LEGOLAND Deutschland vom 15. März bis 09. November 2008; im LEGOLAND Billund (DK) vom 15. März bis 26. Oktober 2008.
• Bitte genaue Öffnungstage und -zeiten beider Parks beachten! Infos unter www.LEGOLAND.de und www.LEGOLAND.dk
840077
LEGO, das LEGO Logo, die Konfiguration des Steines und LEGOLAND sind Marken der LEGO Gruppe. ©2008 The LEGO Group. Stand 03/2008 Änderungen